당신도 +

× 증명

(가능한가요?)

정영민 지음

남해의봄날 ●

차
례

보통
사람,　　　보통의
삶

오래전 어떤 이에게 내 어린 시절 사진을 보여 줬더니, 그때도 장애가 있었냐고 물었다. 처음 듣는 질문이었지만 누군가는 정말 궁금해서 물을 수 있겠다는 생각이 들었다. 그때도 나는 장애인이었다. 그러나 선천적 장애인은 아니다.

우리나라 장애인의 88%가 후천적인 요인으로 장애인이 된다. 질병으로 인한 장애(56%)가 가장 많고, 사고(32%)가 그 뒤를 잇는다(한국보건사회연구원, '2017년 장애인실태조사'). 나도 그중 한 명이다. 엄마는 늘 말한다. 조금 더 크고 좋은 병원에서 태어났더라면 장애를 지니지 않았을 거라고. 하지만 누가 황달이 심한 아이가 태어날 줄 알았을까? 이십 대 후반이었고 출산에 대한 정보가 적었던 엄마는 아기는 다 건강하게 태어나는 줄로만 알았단다. 나는 황달이 유난히 심했고, 개인 병원에서 종합병원으로 옮기는 과정에서 뇌가 손상되어 장애를 지니게 되었다.

구체적으로 내 장애는 운동 신경이 손상되어 생긴 언어장애를 동반한 지체장애다. 내 장애를 말할 때 주로 언어장애를 동반한 뇌병변이라고 밝히는 편이지만, 사실 이건 복지카드에 명시된 명칭일 뿐이다. 같은 뇌병변 장애를 가진 사람이라도 모두 증상이 같거나 비슷한 어려움을 호소하지도 않고, 경증과 중증에 따라 겉으로 드러나는 장애 양상도 제각각이다. 중증 뇌병변 장애라도 걸을 수 있는 사람이 있고, 걷지 못하는 사람도 있다. 하지만 의학적 측면에서는 그렇지 않은지, 장애인복지법 개정 이후 장애인 증명 관련 문제로 병원을 찾았을 때 의사는 난색을 보이며 말했다.

(당신도 증명 가능한가요?)

"뇌병변 장애인은 대부분 몸이 많이 구부정하거나 오그라들어 있는데, 전혀 그렇지 않네요."

칭찬이 아니었다. 장애 판정이 수월하지는 않겠다는 말을 그렇게 에두른 것이었다.

우리나라에서는 장애를 지녔더라도 모두 장애인으로 인정되지 않는다. 이상한 말처럼 들리지만 사실이다. 자신이 지닌 장애를 입증해야 비로소 사회에서 장애인으로 인정받는다. 증명이 힘들기에 많은 장애인이 미등록 장애인으로 산다. 선택의 문제도 아니다. 장애 판정 기준이 엄격하고 제출해야 하는 서류도 많아 그러한 상황으로 내몰린다.

다른 경우도 존재한다. 장애등록을 하더라도 실질적인 삶에 변화가 없고 도리어 장애인이라는 낙인만 찍힐걸 염려해 장애등록을 아예 염두에 두지 않는 사람들도 있다. 우리나라 장애인 인구는 전체 인구의 5%다. 이는 등록된 장애인 인구이며 이 중에서도 절반 이상은 노령층이라는 기사를 읽은 적이 있다. 장애인 인구 비중이 적은 게 아니라, 그만큼 등록된 장애인 인구가 적다는 의미다. 또한 장애에 대한 인식이 협소하다는 뜻이기도 하다. 미국을 비롯한 서구 국가에서는 장애인 인구 비중을 최소 전체의 10% 이상으로 본다. 장애를 불구나 불능으로 보기보다 누구든 살면서 한 번쯤 겪는 일상 속 어려움으로 생각한다.

우리 사회는 장애를 여전히 불행하고 나쁜 일로, 장애인은 도움이 필요한 사람으로만 여긴다. 일상을 꾸려나가는 보통 사람이라는 생각을 하지 않는다. 그러나 장애인도 보통 사람이다. 꿈이 있고, 하고 싶은 것도 많고 가고 싶은 곳도 많은, 형편껏 자신의 삶을 꾸려 나가는 그냥 보통 사람.

나는 정말로 그 이야기가 하고 싶었다. 대단한 극복기나 성공기가 아닌, 보통 사람의 아주 평범한 이야기를 많은 사람에게 들려주고 싶어서 이 글을 쓰기로 했다. 장애에 대한 전문 지식은 없어도 장애 당사자로서 살아온 시간이 있으니 내가 살아온 삶을 밑천 삼았다. 생각보다 할 수 있는 이야기가 많아서 쓰면서 가끔 놀라기도 했다. 장애를 그다지 신경 쓰지 않고 생활하고 있다고 믿었는데 그게 아니었다. 생활하는 데 큰 어려움이 없어 깊이 생각하지 않았을 뿐이었다.

여기에 쓴 글들은 장애에 국한된 고민이라기보다는, 모두가 함께 누리는 것이 당연한 세상을 꿈꾸며 써 내려간 것이라고 말하고 싶다.

나는 대부분 영역에서 자립적 생활이 가능해서 특별히 주변의 도움이 필요 없지만, 일상에서 변화의 필요를 느끼는 부분은 꽤 있다. 다소 긴 건널목에서 신호등의 시간이 좀 길면 걸음을 서두르다 넘어질 걱정이 없고, 턱이 꽤 높은 계단 옆에 경사로가 있으면 불편하지 않게 이동할 수 있다. 이런 것들은 꼭 장애가 있는 사람만을 위한 특별한 배려가 아니다. 모두의 안전과 관련이 있다. 대상이 지정된 배려는 그 대상이 아니면 필요해도 배려를 받을 수 없다. 당사자로선 때에 따라 불편할 때도 있다.

장애는 특혜나 불행, 좋지 않은 것이 아닌, 누군가 삶 속에서 겪고 있는 어려움일 뿐이다. 그 이상도 이하도 아니라고 이야기할 수 있는 사회면 좋겠다. 누구나 일상에서 어떤 어려움이나 불편을 경험한다. '불편'이라는 관점에서 접근하면 장애는 먼 이야기가 아니다. 그저 누군가 살아가는 삶일 뿐이니까. 사람들에게 이 이야기가 마냥 낯설게 느껴지거나 다른 세계의 이야기로 들리지 않았으면 좋겠다.

당신도 증명 가능한가요?

사는 사람 두 집만 건너도

"나 손지도 좀 경해."

드라마 〈우리들의 블루스〉 중에서

드라마 〈우리들의 블루스〉를 재밌게 봤다. 다운증후군인 쌍둥이 언니 영희와, 그런 언니를 돌보는 영옥의 사정을 알게 된 혜자 삼춘이 무심히 내뱉던 짧은 말들이 한참 마음에 남았다.

"나 손녀는 자폐."

"다들 말을 안 해 그렇지 너영 나영만이 아니고 그런 집 서너 집 걸러 하나라. 그거 별 거 아니라."

모두 먼저 말하거나 구태여 끄집어내지 않을 뿐, 장애인이 있는 가정은 의외로 흔하다. 예전에 내가 살던 빌라의 옆집도 그랬다. 원래 동네에서 목욕탕을 운영하던 사람이라 안면은 있었다. 하지만 계산대에서 잠시 마주치는 정도라 가정사는 몰랐다. 그 가족이 옆집으로 이사와 이웃이 되고, 마주치는 빈도가 잦아지자 자연스레 알게 되었다. 아저씨는 귀가 잘 안 들렸고, 큰아들도 장애가 있었다. 감춘 게 아니라 그저 말하지 않은 것이고 사실 말할 이유도 없었다. 상대가 묻지 않는 내 가정사를 상세히 들출 필요는 없으니까. 하지만 숨기는 건 다른 문제다. 장애를 숨겨야 할 치부로 여기는 사람들이 적지 않음을 안다.

(당신도 증명 가능한가요?)

장애의 정도가 심각하면 그런 마음이 드는 걸까?

드라마 속 '영희와 영옥'의 이야기를 보며 잠시 그런 생각을 했다. 이야기는 온갖 소문만 무성한 여자 영옥에서 시작해 다운증후군 언니 영희의 등장으로 마을 사람들이 영옥의 사정을 알게 되고, 두 자매를 이해하고 따스하게 품어주는 것으로 끝을 맺는다. 나쁘지 않아 보이는 이 결말은 드라마라서 가능한 이야기일까.

내 가족은 굳이 먼저 내 장애를 들추지 않지만, 감추지도 않는다. 몸이 조금 불편하다는 사실을 밝힐 뿐, 숨기지 않는다. 동생도 다르지 않다. 동생의 가까운 친구들은 내게 장애가 있다는 걸 알고 있고, 밖에서 나와 마주쳐도 아무렇지 않게 대한다. 내 장애가 그리 심하지 않고 약간의 도움만 있으면 대부분의 생활이 가능하니 크게 의식하지 않는 걸까? 이유야 어떻든, 마주치는 사람들이 내 장애를 대체로 '조금 불편한 정도'로 봐 주니 나도 계속 관계망을 넓히며 살아간다.

드라마에 이런 대사가 있었다.

"그런 장애가 있는 사람을 볼 때 어떻게 해야 하는지 학교, 집 어디에서도 배운 적이 없어요. 이런 상황에서 내가 어떻게 하는 게 맞는지 몰랐다고요."

장애를 배워야만 알 수 있을까? 다르게 대해야 하는 이유가 있을까? 천천히 알아 가면 안 되는 걸까? 사람을 알아 가려면 그를 겪어 보는 게 최선이다. 겪어 보거나 함께 무언가를 공유해 보지도 않고 누군가를 함부로 말해선 안 된다. 장애인도 다르지 않다. 그에게 장애가 있다는 외형상의 정보 외에 다른 부분을 모른다면 스치는 행인일 뿐이다. 옆집 이웃이 된 목욕탕 아저씨는 귀는 잘 안 들렸지만, 손재주가 좋고 인품도 훌륭했다. 빌라 앞 작은 화단에 장미를 심어 가꾸었고, 빌라에 수리가 필요할 때면 직접 손보며 이웃의 불편을 덜어 주었다. 그야말로 우리 빌라 맥가이버 아저씨였다. 때때로 아저씨 귀가 잘 들리지 않는다는 사실을 잊었다. 주로 아주머니를 통해 대부분의 이야기가 전해진 탓에 사람들이 아저씨와 이야기를 오래 나눌 일은 거의 없었다.

아저씨에 대한 기억은 여전히 남아 있지만 그 아들에

대한 기억은 별로 없다. 나보단 나이가 많았고, 어딘가 일하러 다녔으며 몇 차례 인사를 나눈 것 외에는 별다른 기억이 없다. 내게 그는 앞집 사는 젊은 아저씨 그 이상도 이하도 아니었다. 그냥 일상적으로 오가며 마주치는 옆집 사람이고 이웃이었다.

일상에서 더 자주, 많이 장애인을 마주칠 수 있어야 한다. 자주 마주쳐야 낯선 시선으로 보지 않을 수 있다. 자주 마주치는 이웃이나 주변 사람들에게 나 역시 평범한 동네 사람이길 바란다. 그저 몸이 좀 불편한 사람, 딱 그 정도. '그 정도'일 수 있다면 나는 감사하다.

우리 사회는 장애를 숨기거나, 소거되어야 할 무엇처럼 취급하는 것 같다. 등록된 장애인의 수에 비해서도 길거리에서 마주할 수 있는 장애인은 터무니없이 적다. 두 집만 건너도 사는 사람일 만큼 흔해 마주치려면 언제라도 마주칠 수 있어야 할 텐데, 현실은 그렇지 않다.

장애인들이 바깥 세상으로 성큼 발걸음을 내딛으려다가도 다시 뒷걸음질 치는 것은 다른 이의 시선 때문이다.

불편한 시선을 받으면 나 역시 괜히 주눅이 들고 아무 이유 없이 움츠러든다. 이상한 사람 보듯 바라보는 시선은 쉽게 익숙해지지 않는다.

장애가 모두에게 익숙하다 못해 평범하게 느껴지는 누군가의 삶이면 좋겠다. 실제로 장애는 누구에게든 언제든 일어날 수 있는 일에 불과하다. 거리에서 장애인을 만나는 일이 흔해지면 언젠가 장애도 흔하디흔한 내 이웃의 이야기가 될 수 있지 않을까.

존재
그대로 괜찮은

말하지 않지만 누구나 다 자폐를 앓는다

한동안 괜찮아서 잊은 것뿐이다

'엘크를 데려와',

〈악마는 어디서 게으름을 피우는가〉,

김개미, 걷는사람(2020)

시시한 얘기지만, 나는 초·중·고 그리고 대학교까지 모두 일반 학교를 졸업했다. 언어장애가 있고 걸음도 느리지만 일반 학급에서 또래 친구들과 함께 공부했다. 썩 잘 어울려 놀진 못해도 때때로 어울리면서 나도 모르는 사이 사람 사이에서 사는 법을 배웠다. 그러나 내게 장애인 친구는 없다. 어릴 땐 언어치료나 물리치료를 받으면서 함께 놀던 친구들이 있었지만 그들이 특수학교에 입학하고 내가 일반 학교로 입학하면서 자연스레 연락이 끊겼다. 이따금 그들이 잘 살고 있는지, 어디에선가 자유를 만끽하고 있는지 궁금하다. 더 솔직히 장애라는 굴레에 갇혀 있지 않으면 좋겠고, 날마다 어딘가에 나가 소소한 활동을 하면서 다른 이들과 어울려 살아가고 있으면 좋겠다. 누군가 이런 내 바람을 너무 소박하다고 말한다면, 절대 소박하지 않으며 원대한 희망일 수도 있다고 대꾸할 테다. 다수의 장애인이 무직이고, 시설에 격리되어 살거나 본인에게 어떤 장애가 있음을 숨긴 채 살아간다. 사람들과 교류하고 사회 속에서 평범한 삶을 영위하는 것이 모두에게 당연한 일은 아니다.

(당신도 증명 가능한가요?)

초등학교 때 어떤 친구가 있었다. 이름도 금방 떠오른다. K. 나와 여러 번 같은 반이었는데, 내가 말을 거는 것은 물론 심지어 근처에 오는 것조차 싫어했다. K가 나를 싫어하는 건 반 친구 모두가 알았다. 싫어하는 이유는 장애 때문이었다. K가 나를 싫어할 다른 이유는 별로 없었다. 이따금 노트 필기한 걸 힐끔힐끔 보려고 자리를 침범하는 일이 있었지만, 성별도 다르고 친한 사이도 아니어서 나도 별로 신경쓰지 않았다.

자신의 학급에 장애인 친구가 있다는 게 싫을 수 있다고 생각했다. 하지만 그게 내가 사과할 일은 아니지 않은가. 이따금 사소한 일로 시비가 붙어도 나는 장애를 이유로 주눅 들지 않았다. '그래서 뭐. 네가 먼저 그랬잖아' 하고 맞받아치며 응수했다. 움츠러들어야 할 이유를 몰랐다. 그때까지는 대체로 학급 친구들과 원만히 지냈기에 장애가 민폐라는 생각은 못했다.

그러나 학년이 올라갈수록 점점 친구들이 내 장애를 불편해 한다는 걸 알게 되었다. 그 사실이 나를 주눅 들게 했다. 나는 아무것도 하지 않는데 왜 늘 불편해 할까. 그래도 다른 방법이 없었다. 장애는 내가 어찌 할 수 있는 문제가 아니었다. 학년이 올라갈수록 같은 상황이 반복될 걸 예상했지만, 그게 두려워 특수학교에 진학하기는 싫었다. 계속 일반 학교에 다닐 작정이라면, 그냥 부딪혀 익숙해지는 것 외엔 달리 선택지가 없었다.

그때의 내가 괜찮았냐고 묻는다면 그렇지 않았다. 늘 그 상황에서 벗어나기를 소망했다. 당시엔 학생이라는 신분에서 벗어나면 다 괜찮아질 줄 알았다. 순진했다. 학생 신분과 장애는 아무런 상관이 없는데 왜 그런 순진한 생각을 했을까. 그래도 고등학교 졸업 후에는 한결 편해졌다. 학창 시절을 꿋꿋이 견뎌온 덕일까. 어쩌면 하도 많이 겪다 보니 감각이 무뎌진 것일 수도 있고, 나를 꺼리는 분위기조차 그저 내가 겪는 불편 중 하나라고 치부해 버린 것일 수도 있다. 그럼에도 내가 그 시간을 견뎌 냈으니 다른 누군가도 그저 견디면 될 거라고 말하긴 싫다.

장애가 불편에 가까운 말일 수는 없을까? 누구든 팔이나 다리를 다쳐 깁스를 하면 일상생활이 불편하다. 꼭 다쳐야만 그런 것도 아니다. 나이가 들고 노인이 되면 걸음은 현저히 느려지고 기억력도 흐려진다. 그러나 이런 약간의 불편은 살아가며 생길 수 있는 일로 여길 뿐, 장애로 생각하지 않는다. 장애도 그렇게 생각하며 함께 살아갈 방법을 모색할 수 없을까?

많은 장애인이 장애라는 말에서 벗어나려 발버둥친다. 발버둥쳐도 소용없을 걸 알면서도 발버둥친다. 비장애 중심의 사회인 탓이다. 장애란 말을 잊고 살아도 괜찮은 사회가 오기를 날마다 소망한다.

'괜찮다'는 것은 어느 한쪽이 아닌 너와 나, 모두가 괜찮아야만 한다. 정말 괜찮으면 사소한 불편 정도는 잊어버릴 수 있다. 괜찮으니 불편도 그냥 넘어간다. 괜찮으니 마음이 넉넉해진다. 장애인들에게도 그런 괜찮은 날이 올까.

나의 몸, 나만 아는 세계

몸은 완벽하게 자기 뜻대로 움직일 수 없는

대상입니다.

〈기억하는 몸〉,

이토 아사, 김경원 역, 현암사(2020)

(당신도 증명 가능한가요?)

며칠 전, 누군가에게 우체국으로 심부름 간다고 말했더니, "걸음이 불편한데 어떻게 가요?"라고 되물었다. 실로 오랜만에 듣는 질문에 문득 나의 불안정한 걸음걸이가 떠올랐다. 평소엔 크게 자각하지 못하는데, 누군가 물으면 그제야 떠오르는 몇몇 불편함이 있다. 예를 들면 양손. 타인의 시선에선 내 양손이 모두 불편해 보일지 모르지만 나는 왼손만 불편하다. 그마저도 자주 잊는다. 느리지만 왼손도 그럭저럭 제 몫을 하기 때문이다. 지금도 양손 모두를 사용해 키보드를 두드리는 중이다. 대부분의 일상에서 왼손도 기꺼이 오른손을 거들어 생활 전반을 함께 꾸린다.

질문을 던진 이에게 아무렇지 않게 "걸을 수 있으니까요"라고 답했다. 그 말 외엔 달리 할 말이 없었다. 걷는 게 불안정하지 다리가 아픈 건 아니고, 늘 그 상태로 걷거나 뛰어다니며 지내 왔으니 나로선 당연한 대답이었다. 원래부터 그래 왔으므로 이제 와 크게 불편하다고 느끼지 않는다. 걸음만이 아니라 손도 그렇다. 나는 내 몸이 불편하지 않다. 이미 나만의 감각으로 길든 내 몸이기에 '불편'이란 말을 사용할 이유가 없다.

신체 장애가 있는 몸이 느끼는 세상을 연구하는 학자 이토 아사는 〈기억하는 몸〉을 쓰기 위한 취재 과정에서 재차 몸의 고유성을 확인한다. 그가 인터뷰한 열두 명의 사람은 각기 다른 장애가 있는데, 저자는 장애가 아닌 몸에 초점을 맞추어 서로 다른 몸의 고유성을 섬세히 들여다본다.

몸의 경험은 사람마다 다르다. 저마다의 방식으로 몸 사용법을 익혀 자신만의 '내 몸 사용 설명서'를 완성한다. 몸은 하나의 기록이자 역사, 그리고 기억이다. 우리 모두는 태어남과 동시에 자신의 몸을 배우며, 몸을 통해 세상과 관계 맺는다. 여기에 '불편'이란 단어가 개입할 이유는 없다. 장애 당사자는 장애가 있는 몸 사용법을 배우며 감각을 기른다. 장애가 있는 몸이 불편할 거라는 건 장애가 없는 사람들의 생각이다. 또한 당사자가 아니면 그 누구도 그 사람의 몸을 경험해 볼 수 없다. 그렇기에 내 몸이 갖는 고유한 감각은 장애 유무와 상관이 없다. 어떤 이는 밥을 왼손으로 먹고 글은 오른손으로 쓴다. 또 누군가는 귀가 너무 예민해 아주 작은 소리에도 민감하게 반응한다. 이 밖에도 나와 당신이 감지하지 못한 고유한 몸의 감각은 수없이 많다. 이러한 고유성은 누군가의 특징이 되기도 한다. 그러나 사람들은 장애를 지닌 몸에서는 그러한 고유성을 특징으로 받아들이지 않는다. 장애인을 마주치면 사람들의 시선이 금세 어두워지며, 다들 안타까워한다. 어떤 이야기를 꺼내기도 전에 불구의 몸으로 단정 짓는다.

장애가 있는 몸은 정말 불구의 몸일까? 도구를 익히고 배워서 사용하듯, 몸도 그런 거라면 누구든 자신에게 주어진 조건 안에서 각자의 방식대로 몸을 배운다. 애초에 같은 몸은 없다. 굳이 장애를 생각하지 않더라도, 왼손잡이와 오른손잡이의 차이나 다른 이의 걸음걸이만 봐도 알 수 있는 일이다. 그런데 왜 장애가 있는 몸만 다른 몸으로 보지 못하는 걸까? 몸에도 보이지 않는 어떤 기준이 있기 때문이다. 그래서 정상과 비정상을 구분하고 불구,

불능이라는 표현을 한다. 그러나 한 사람의 고유한 몸으로 생각을 달리하면 특정 기준으로 정하는 불구와 불능은 아무런 소용이 없다.

앞서 말했듯, 나는 누가 나의 어떤 부분을 불편이라고 짚어서 알려 주기 전에는 감지하지 못하고 지나치는 일이 많다.

반면 특정 사람에게만 통하고 다른 사람이 보기에는 이상해 보이는 로컬 룰도 있지요.
기업이나 관청 같은 사회적 단체의 로컬 룰은 해당 조직의 체질을 강하게 반영합니다. 마찬가지로 몸의 로컬 룰은 말 그대로 그 사람의 로컬리티, 즉 고유성을 만들어 냅니다.

〈기억하는 몸〉, 이토 아사, 김경원 역, 현암사(2020)

몸의 고유성이라는 말이 참 좋다. 세상에 하나뿐인 그 몸을 배우고 익힌다는 것은 얼마나 신비로운 일인가. 왜 그 몸을 온전히 활용해 볼 기회조차 주지 않고 불편이라

(당신도 증명 가능한가요?)

는 말로 가로막으려 할까?

〈기억하는 몸〉에는 총 열 한 개의 에피소드가 나오는데, 에피소드마다 같은 유형의 장애를 선천적 경우와 후천적 경우를 함께 다루고 있다. 이들은 같은 장애를 지녔지만, 실생활에서 감각을 인지하고 살아가는 방식이 모두 달랐다.

흔히 장애를 '결핍'이라고 쉽게 말한다. 그러나 오해를 불러올 소지가 있는 말이다. '결핍'은 후천적으로 장애가 생긴 사람들에게만 해당하는 말이다. 가령 팔을 잃은 사람에게는 원래 팔이 있었을 때의 기억과 감각이 존재하기에 '결핍'이며 잃어버린 기억이다. 하지만 원래부터 팔이 없었던 사람에겐 해당 신체나 관련된 감각이 아예 없기에 '결핍'이 아니다. 감각이 없는 게 당연하다.

내가 이 책에서 가장 재밌고 흥미롭게 읽은 에피소드는 태어날 때부터 왼쪽 팔꿈치 아래 팔이 없어 오른손으로 뭐든 다 했다는 가와무라 씨의 이야기다. 태어날 때부터 한 팔이 없이 태어난 그는 '양손'이라는 감각을 모른다. 왼손 없이도 무슨 일이든 할 수 있지만, 밖에 나갈 때면 주위 시선을 고려해 반드시 의수를 착용한다고 했다. 그에게 의수는 '옷이나 신발 같은 것'이다.

나도 양손을 모두 사용한다. 움직임이 불편한 왼손보다는 주로 오른손을 많이 사용하지만, 그래도 왼손이 있다는 전제 아래 모든 일을 한다. 그러나 가와무라 씨에겐 그런 감각이 없다. 원래부터 양손이라는 감각이 없기에 그 감각의 필요성을 느끼지 못한다. 근전의수(움직이려고 마음을 먹으면 움직일 수 있는 의수) 착용을 앞둔 상황에서 가와무라 씨는 오히려 지금까지의 "손의 기억을 잃어버리는 일"이 될지도 모른다고 말한다. 그의 몸이 기억하는 '손의 기억'은 한 손에 대한 것이었기 때문이다.

장애가 있는 몸이 불편하지 않다면 거짓이다. 때때로 불편하다. 하지만 나는 장애가 없는 스스로가 잘 그려지지 않는다. 장애가 없는 나는 지금과는 전혀 다른 모습이지 않을까? 상상만 해도 내 모습이 낯설다. 몸은 한 사람의 전제 조건이다. 인격이 형성되기 이전부터 이미 주어진 형식이다. 장애를 지닌 몸이라는 틀 안에서 나는 나로 사

(당신도 증명 가능한가요?)

는 법을 익혔고, 한 사람으로 성장했다. 장애가 있는 몸이 내 몸이라서 나는 살기 위한 생활 요령을 익히고, 이따금 외부의 힘을 빌렸으며, 가능성을 발견해 지금의 내가 되었다. 하여 어느 날 갑자기 장애가 사라지는 꿈 따위는 꾸지 않는다. 그런 꿈은 내 몸으로 살아온 시간을 부정하는 일이다. 그 시간을 부정하고 싶지 않다. 내가 나로 살기 위해 가꿔 온 시간도 소중하다.

장애는 나의 내력이자 이력이다. 때때로 불편하고 어려워도 그건 나만 아는 어려움이다. 하여 나는 말하고 싶다. 장애가 있는 몸은 불구의 몸도 희망 없는 몸도 아니라고. 당신과 마찬가지로 열심히 배우고 익혀 자신에게 알맞은 사용법과 요령을 터득한 같은 몸이라고. 당사자가 아니고선 함부로 말할 수 없는 타자의 몸이라고. '나'라는 한 사람은 몸이라는 토대 위에서 형성된다. 나만의 고유한 감각으로 쌓아 온 몸이라는 세계는 내가 아닌 다른 이는 닿고 싶어도 닿을 수 없는 미지의 영역이다. 그러니 함부로 불구라 말하지 말지어다.

당신도 증명 가능한가요?

"우리 엄마가요, 휴대폰으로 글자 읽고 있다가요,

'내 팔이 안 움직여' 이러고 쓰러졌어요."

"그런데요. 파리가 날아들고요. 애벌레가

생기고요. 제 방까지 애벌레가 들어왔어요."

'사망 다섯 달 방치된 엄마, 노숙자된 아들… 방배동 모자의

비극', 한국일보, 2020.12.14.

(당신도 증명 가능한가요?)

2020년 겨울, 서울 방배동의 한 다세대 주택에서 한 여성의 시신이 사망한 지 다섯 달이 지나서야 발견됐다. 여성은 기초생활보장 수급자였고, 발달장애가 있는 30대 아들과 함께 살고 있었다. 어머니가 돌아가셨지만 발달장애로 인지 능력이 떨어지는 아들은 누구에게도 도움을 요청할 줄 몰랐고, 먹을 게 떨어지고 전기가 끊기자 지하철역에서 노숙을 했다고 한다.

자신을 도와주려는 복지사에게 경계를 늦추지 않다가 한 달 만에 입을 연 그 남자는 엄마가 돌아가셨다는 글은 쓸 줄 알지만, 월세나 전기세를 왜 내야 하는지 모르는 사람이었다. 복지사가 도움을 주기 위해 그에게 말을 건넸을 때 그는 물었다.

"아저씨, 천사예요? 우리 엄마가 모르는 사람 따라가면 안 된다고 했어요."

이 물음에 복지사는 그렇다고 답하며 노숙 생활을 하던 그의 말에 귀 기울여 전후 사정을 파악할 수 있었다. 서너 마디만 나눠도 발달장애를 직감할 수 있는 이 남성은 서류상 장애인이 아니었다. 아마 장애인 등록을 할 여건이 되지 않았을 것이다.

　우리나라에서 장애인은 등록제다. 간단히 말해 장애가 있어 일상 생활에서 어려움을 겪고 있는 사람은 스스로 자신의 장애를 입증할 수 있는 서류를 준비해 지자체에 제출해야 장애인으로 인정을 받고 복지 혜택도 받는다. 등록되지 않으면 장애가 있어도 비장애인이다. 하지만 이 장애인 등록이 쉽지 않다. 시간과 비용이 많이 들고 절차도 까다로운 편이라 애초에 포기해 버리는 사람도 많다. 장애인 등록만으로 끝이 아니다. 장애 유형별로 복지 서비스를 받으려면 다시 그에 맞는 구비 서류를 갖춰서 개별적으로 신청해야 한다.

　장애인 등록은 당사자의 장애를 객관적으로 입증하는 것이 핵심이다. 입증 방식은 각종 검사인데, 일반적인 검사가 아니라서 비용이 많이 든다. 하지만 당사자가 실생활에서 느끼는 불편과 장애인 등록을 위해 필요한 진단 사이에는 괴리감이 있다.

　직설적으로 말해 장애인 등록을 위한 진단 검사는 장

애 당사자의 종합적인 삶을 토대로 하기보다는 의학적 소견을 근거로 판정을 내린다. 그러다 보니 한 명의 장애인이 일상생활을 영위하는 데 어떤 어려움이 있고, 어떤 도움이 필요한지에는 관심이 없다. 작은 도움이 있으면 충분히 할 수 있는 일이나 작은 가능성도 배제된다. 당사자에겐 장애인 등록보다 일상적인 삶을 이어나갈 수 있는 여건 마련이 더 중요한데, 의학적 소견을 장애를 판단하는 주된 지표로 삼다 보니 당사자의 일상적인 생활능력은 장애를 판정하는 데 아무런 힘을 발휘하지 못한다.

나만 하더라도 장애 진단서를 떼기 위해 병원에서 내 걸음이 얼마나 불안정한지, 언어 능력에 어떤 문제가 있는지를 보여 주어야 했다. 나를 담당한 의사는 "제가 판정을 내리는 것과 별개로 공단에서 다른 비싼 검사를 요구할 수도 있으니까 당사자가 걷는 장면을 동영상으로 찍어서 보내세요"라고 말했다.

이론적으로는 이해가 간다. 장애의 정도를 파악하기 위한 진단이 있어야 그에 필요한 도움과 복지를 마련할 근거가 되겠지. 하지만 장애 진단의 문턱이 높아 포기해

버린다면 그런 진단이 다 무슨 소용인가.

　시신 방치 혐의로 경찰과 마주 앉은 아들이 할 수 있는 말이라곤 어머니가 어떻게 죽었는지와 자신이 집에서 밖으로 나오게 된 경위밖에 없었다. 그가 할 수 있는 최선이자 전부라는 걸 그와 단 두 마디만 나눠 봐도 안다. 단 두 마디만으로 알 수 있는 장애이지만, 등록을 하려면 서류로 증명해야 한다. 서류가 없으면 장애인 등록을 할 수 없다. 서류상에 등록되지 못했다는 이유로 장애를 인정받지 못하고 도움도 받지 못하는 건 너무 이상한 일이 아닐까.

　2021년 OECD 국가의 평균 장애출현율은 24.3%이다. 그중 한국은 5.39%로 31개국 중 최하위를 기록했으며 실제로 등록된 장애인 비율은 5.2%에 그친다. 2010년 이후 조금씩 증가하는 추세이긴 하나 5%대를 벗어나지 못하는 상황이다.

'등록 안 되는 장애인등록제 - ① 장애인등록의 민낯',

오마이뉴스, 2023.12.30.

(당신도 증명 가능한가요?)

우리나라의 장애인 인구가 적은 것이 아니다. 5%라는 수치는 장애인 복지 혜택 대상이 '의료적 기준에 따라 분류한 등록장애인'으로 한정되어 있기 때문이다. 방배동 발달장애 아들처럼 등록되지 않았거나 등록하지 못한 장애인이 더 많다는 이야기다. 우리나라에서는 미국이나 EU처럼 장애가 있어 일상생활에 제약이 있어도 곧바로 복지 혜택을 받지 못한다. 무수한 서류 더미에 시달린 이후에야 복지 혜택을 받는다. 하지만 이 복지 혜택마저도 제한적이라서 다른 복지 서비스가 필요한 경우 다시 서류와의 싸움을 시작해야 한다.

발달장애가 있는 아들을 둔 어머니의 상황은 어땠을까? 비용과 시간을 들여 검사를 받을 엄두는 나지 않았을 테고, 어떤 도움도 받지 못한 채 성인이 된 아들은 온전히 엄마의 책임이었을 것이다. 스무 살 무렵 나왔을 아들의 입대 통지서 앞에서 더욱더 절망하지 않았을까. 장애인으로 등록되지 않은 그에겐 분명 입대 통지서가 날아왔을 텐데, 어머니는 아들의 손을 붙들고 관계 기관으로 가서 상황을 설명해야 했을 수도 있다. 그때라도 장애인

등록을 할 수 있었다면 상황은 나아졌을까. 어쩌면 그곳에서도 관계 기관 직원의 '어머니, 서류 준비해 오셨어요?'라는 질문에 조용히 뒤돌아서서 나왔을지도 모르겠다.

어디까지나 추측이지만 이런 일은 비일비재하다. 서류 백 장으로도 장애 증명이 되지 않을 때도 있다. 관계 기관 직원들도 어디에 어떤 서류가 필요한지 제대로 알고 도움을 줄 수 있는 이가 드물다. 서류 몇 장이 내 장애를 다 말해 주지 못함에도 그러한 증명 없이는 사각지대에 놓이고 만다. 내가 비장애인이었어도 스스로에 대한 명료한 증명이 필요했을까? 비장애인으로 살아 본 적이 없으니 나는 알지 못한다. 그래서 다시금 묻고 싶다. 당신도 스스로를 증명하기 위해 서류와의 전쟁을 치른 적이 있는지.

(당신도 증명 가능한가요?)

나의 장애 증명기

아버지는 목욕하다가도 비누칠한 것을 잊고

욕조에서 잠이 드는데

사회복지사와 인터뷰할 때는

자기 이름이며 생년월일까지 정확히 대답해버렸다

좀더 바보가 될 때까지 기다려야

복지기관에 종일 맡겨질 수가 있다고 한다

'인터뷰', 〈개천은 용의 홈타운〉,

최정례, 창비(2015)

나는 1996년에 처음 장애 판정을 받고 복지카드를 발급받았다. 10살 무렵이었는데, 그때도 의학적 판단이 주된 근거로 작용했다. 진단서를 발급받기 위해 값비싼 검사를 받아야 했지만, 그땐 지금과는 달리 병원에서 발급한 '장애 진단서'를 지자체에 제출만 하면 장애인 등록이 가능했다.

그때의 나는 지금보다 잘 못 걷고, 발음도 부정확했지만, 두 발로 이동이 가능하고 의사소통도 가능했기에 처음엔 다소 낮은 등급이 나왔다. 하지만 내 상태를 세세히 알고 있던 동네 병원 의사가 더 높은 등급을 받을 수도 있다며 다른 병원에 가서 재검사를 받기를 권유했다. 의약분업이 막 이루어지던 시기라 장애 등급이 높으면 병원 내에서 약을 받을 수 있었다. 그때 엄마에게 장애 등급별 차등 지원에 대한 정보가 있었는지 없었는지는 모른다. 초등학교 저학년이었던 나는 그에 대한 개념조차 없었다.

그렇게 장애 판정과 복지카드를 발급받고서도 한동안 잊고 지냈다. 우대권을 이용할 때 외에는 내겐 다른 복지 서비스가 필요하지 않아서 그 쓸모와 필요성을 몰랐다.

그러다 다시 떠올리게 된 건 장애인 증명을 다시 해야 한다는 통지서를 받고 나서다. 2011년 장애인복지법이 개정되어 제도적인 장애 관련 복지 서비스를 받으려면 장애인 증명을 다시 받아야 한다는 내용의 통지서였다.

허위진단서를 이용해 장애인으로 등록하고 부정 수급을 받아온 일당이 적발되고, 이런 일이 반복되자 정부는 2011년 장애인복지법을 개정하고 국민건강보험공단 내에 '장애등급위원회'를 개설했다. 이러한 조치는 가짜 장애인 등록을 방지하는 데는 성공적이었으나 장애인 등록이 한층 더 까다로워지면서 정말 필요한 사람에게는 더 높은 문턱이 되었다.

도대체 무엇을, 누구를 위한 장애 증명인지 궁금했다. 그간의 경험으로 비춰 봤을 때 그 증명은 내 생활을 바꿀 정도로 크게 도움이 되지는 못했다. 그에 비해 심사과정은 이해할 수 없을 정도로 까다롭고 엄격했다. 이전엔 장애 진단을 내린 의사의 소견서만으로 장애인 등록이 가능했는데. 건강보험공단이 관리하면서부터 제출해야 하는 서류만 산더미였다.

　부모님과 나는 지금은 쓸모를 느끼지 못하더라도 나중을 위해 받아 두는 게 좋겠다고 판단해 재심사를 받기로 했다. 나는 첫 장애 판정 때보다 잘 걷고 혼자 할 수 있는 것들이 많아졌는데, 부모님은 그 때문에 장애 등급이 나오지 않을까 봐 염려했다. 장애 진단에 관한 사전 정보가 없던 엄마와 나는 가까운 병원 아무 곳이나 가면 장애 진단서를 떼 주는 줄 알았다. 근데 아니었다. 공단에서 지정한 병원을 가야 했고, 내가 할 수 있는 것이 아닌 할 수 없는 것을 보여 줘야 했다. 이를테면 혼자 잘 걷지 못하거나, 혼자 걷다가 자주 넘어진다는 사실을 증명해야 했다. 앉았다 일어설 때 도움이 필요함을 증명해야 했고, 언어 기능에 문제가 많음을 증명해야 했다.

　마치 쇼를 하는 것 같았다. 물론 내 걸음걸이가, 손동작과 언어 능력이 남들보다 좀 더 불편한 것은 사실이지만 이미 내게는 익숙한 불편이다. 하지만 그날 엄마와 함께 병원에 방문한 나는 내가 무척이나 불편하고 어려운 상황에 놓여 있음을 계속 과장되게 보여 주어야 했다. 혹

(당신도 증명 가능한가요?)

시라도 장애 진단을 받지 못해 장애인 등록을 하지 못하면 어쩌나 하는 불안감이 나를 더 어색하게 만들었다. 심사위원회의 1차 소견이 나왔고, 언어장애는 보완서류를 요구했다. 언어치료를 6개월 이상 받은 진료기록을 제출하라는 것이었다. 언어치료를 받은 적은 있으나 너무 오래전 일이었으므로 관련 서류가 내게 있을 리 만무했다. 어찌해야 하나 막막하던 차에 지푸라기 잡는 심정으로 이전에 내 언어치료를 담당했던 선생님을 찾아보았다. 다행히 선생님은 여전히 부산에서 언어치료 센터를 운영하고 있었고, 오래전 내 언어치료 자료도 남아 있었다. 나는 상당히 안 좋은 사례여서 공부하려고 따로 자료를 모아 두어 아직까지 남아 있었다고 했다.

덕분에 나는 그 자료를 제출해 언어장애 진단을 받을 수 있었다. 만일 그 자료를 구할 수 없었다면 언어장애 진단을 포기하거나, 진단을 위해 값비싼 비용을 치르며 다시 언어치료를 받아야 했을 것이다. 장애 증명이 이루어지기 전까지 모든 비용은 개인 부담이다. 바우처 혜택도 장애 진단 이후에 받을 수 있다. 지금 내게 꼭 필요한 것도 아닌 비싼 언어치료를 다시 받지 않아도 돼서 다행이었다.

보완서류 제출이 끝이 아니다. 내 상태를 확인하러 공단에서 사람까지 다녀간 후에야 나는 드디어 장애 판정 통지문을 받을 수 있었다.

장애는 원래 '그러한 몸'이기에 CT, MRI 검사를 한다고 해서 '장애'라는 소견이 나오지도 않는다. 다수의 장애인이 장애 진단이나 일정 기간 이상의 진료기록 요구 앞에서 증명이란 난관에 부딪혀 말없이 뒤돌아선다. 증명 불가능한 장애를 증명해 내라는 것도 문제지만, 비용 문제도 크다. 나는 좋은 의사를 만나고 다소 운이 따라 주어 예상외로 장애 판정을 잘 받을 수 있었고, 생각보다 큰 비용이 들지도 않았다. 하지만 장애 판정 관련 검사는 대부분 비급여 항목에 때론 일정 기간의 진료기록을 요구하기도 해서 큰 비용이 들어가는 경우가 많다.

장애 진단은 말 그대로 장애인 등록을 위한 진단이기 때문에 이 판정이 내 생활 반경에서의 불편이나 어려움을 대변하진 않는다. 나는 중증 장애인으로 등록되어 있지만

(당신도 증명 가능한가요?)

우대권과 장애 연금 외의 다른 복지 서비스를 이용하거나 신청한 적이 없다. 언젠가 장애인 콜택시를 이용하면 이동하기 수월하다는 얘기도 들었지만 조금 느리더라도 걸어 다니는 게 좋아 굳이 콜택시를 이용하지 않는다. 그럼에도 내가 장애인 등록을 한 것은 만일 다급한 일이 생기면 도움을 청할 수 있기 때문이다. 장애인 등록이 되어 있지 않으면 도움을 청할 데가 없고, 도움을 청해도 도움을 받기 위해 각종 증명 절차를 거쳐야 한다.

사회적 비용이 들어가는 문제이니 섣불리 증명의 필요성을 부정할 순 없다. 그러나 증명 과정이 너무 복잡하고, 그 과정에서 당사자에게 절실한 삶의 문제는 드러나지도 않고, 배제되는 사각지대도 너무 많다. 꼭 장애 증명만 그런 것도 아니다. 노인장기요양 서비스를 이용하려 해도 장기요양 등급을 받아야 한다. 검진을 받는 날 당사자의 상태가 좋아 묻는 말에 정확히 대답해 등급 외 판정을 받으면 주간보호 시설은 고사하고 요양보호사의 도움도 받기 힘들다. 단지 그 짧은 순간 잠시 온전했다는 이유 하나만으로.

때때로 나는 묻고 싶다. 장애인 증명이 왜 필요한지, 그런 증명이 내 삶의 무엇을 어떻게 바꿀 수 있는지. 늘 궁금했으나 어디에 어떻게 무엇을 물어야 하는지 여전히 모르겠다.

(당신도 증명 가능한가요?)

外부에서 시작되는 것들

나는 아픈 사람이 아니다. 말도 안 되는 소리였다.

내가 아픈 사람이 아니라는 걸 알고 있었다.

그렇지만 왜 그 아이는 내게 그렇게 물어본 걸까?

스스로에 대한 확신이 사라졌다.

나는 아픈 사람인가?

〈나는, 휴먼〉, 주디스 휴먼·크리스틴 조이넌,

김채원·문영민 역, 사계절(2022)

장애라는 인식은 내부가 아닌 외부에서 먼저 온다. 당사자에겐 불편 혹은 어려움 정도로 인식되는 경우가 많다. 나도 그렇다. 내 복지카드에 쓰인 장애 명칭은 뇌병변과 언어장애다. 그러나 걸을 수 있고 어눌해도 의사소통이 그럭저럭 가능하기에 내게 그것은 어떤 명칭일 뿐이다. 나는 그냥 나다. 원래 말이 어눌하고 걸음걸이도 부정확하고 뭐든 어설픈 사람. 잘 웃고, 잘 못하는 일도 뭐든 해 보려 하고, 가까운 이들과의 수다를 즐기는 보통의 사람이 나다. 하지만 나를 모르는 사람에겐 내 장애가 먼저 눈에 들어온다. 그들에게 나는 도움이 필요한 중증장애인이다.

불만을 드러내고 싶진 않다. 가만히 있으면 장애를 지닌 티가 잘 나지 않지만 걷거나 말을 하는 순간 누가 봐도 알 수 있을 만큼 장애가 선명히 보이기 때문에 이제 사람들의 시선은 그냥 그러려니 한다. 대부분이 장애인을 자주 접해 보지 않은 사람들이고, 장애인을 어떻게 대해야 할지 모르는 사람들이다. 그렇다고 내 장애를 숨기거나 감추고 싶지도 않다. 그럴 수도 없고 내가 해를 끼치는 것도 아니니 그럴 이유도 없다. 그러나 종종 내 장애가 신체

(당신도 증명 가능한가요?)

적 불편만을 의미하지 않는다고 느낄 때가 있다. 내 외형만 보고 무조건 안 된다는 말을 들을 때 그렇다.

주디스 휴먼을 생각한다. 그의 꿈은 교사였다. 그러나 사회는 휠체어를 탄 장애인이라는 이유로 그에게 교사 자격증을 발급해 주지 않으려 했다. 휴먼은 필기시험과 구술시험을 모두 통과했지만, 두 발로 걷지 못해서 교사가 될 수 없었다. 이것이 휴먼의 투쟁 시작점이다. 주디스 휴먼이 교사가 될 수 없었던 이유는 그의 장애 때문일까, 아니면 사회 구조적 문제일까?

내 이야기를 세상에 직접 하는 수밖에 없다고 생각했다. 나는 장애인이 교육, 고용, 교통 접근성 측면에서 마주하는 삶의 장벽이 일회성의 문제가 아니라는 것을 분명히 알리기 위해 내 이야기를 이용하기로 결심했다.
〈나는, 휴먼〉, 주디스 휴먼·크리스틴 조이넌,
김채원·문영민 역, 사계절(2022)

휴먼은 1970년 뉴욕시를 상대로 낸 행정소송에서 승소한 후 미국 최초의 중증 장애인 교사가 되었다. 그저 교사가 되고 싶었던 것뿐인데 왜 그는 투쟁까지 벌여야 했을까?

그는 그 자신으로 온전히 살고자 했다. 신체적으로 어려움은 있으나 자신이 할 수 있는 일을 하기를 원했다. 그러나 사회가 그것을 막았다. 선택지는 투쟁뿐이었다.

주디스 휴먼은 장애인이 주체가 된 시민권 단체 '행동하는 장애인'을 조직하고, 장애인의 권리 운동에 헌신했다. 장애인의 삶을 개선하기 위한 개정 법령 '재활법 504조'에 닉슨 대통령이 서명을 거부했을 때에도 휴먼은 동료들과 함께 정부 건물에서 농성을 벌인 끝에 서명을 받아내는 데 성공한다. 다수의 장애인 삶을 더 나아지게 할 수 있는 법이었다.

그는 사회 구성원으로 인정받기 위해 매번 자신이 택할 수 있는 최선과 최대치를 택해야 했다. 개인의 이익을 위한 선택이 아니었다. 그의 선택은 장애를 치료의 대상으로만 보는 사회의 시선을 평등과 권리의 관점으로 바꾸

(당신도 증명 가능한가요?)

고자 한 노력의 일환이었다.

　때로는 꼭 과격한 투쟁이 아닌 다른 방법으로 제 목소리를 낼 수 없느냐고 묻는 사람도 있다. 한때는 나 역시 그런 생각을 했다. 오산이었다. 장애 정도가 심하면 심할수록 장애 당사자가 목소리를 낼 수 있는 장소는 없다. 목소리를 내기는커녕 그저 생존하는 일도 버겁다.

　장애인이 온전하지 않다는 건 비장애인의 시선이다. 장애인도 그 자체로 충분히 온전하다. 할 수 없는 게 아니라, 무언가를 하는 데 어려움과 불편이 따를 뿐이다. 불편과 어려움을 완벽히 없애 주길 바라는 것도 아니다. 다만 장애인을 도움이 필요한 안타까운 사람으로만 여기는 것이 아니라, 이 사회를 구성하고 있는 한 사람으로 고려해 달라는 것뿐이다. 비장애인이 사회에 요구하는 것과 같은 당연한 권리를 장애인 또한 누릴 수 있어야 한다. 많은 장애인이 조금만 환경이 개선되면 충분히 독립적인 생활을 하며 한 사회의 구성원으로 역할을 할 수 있다.

　사회 구성원으로 인정받는 것이 그렇게 중요하냐고 묻는다면, 그렇다. 지금 여기를 살아가는 사람이기에 중요하고, 나답게 살고 싶기에 중요하다. 오래전 들은 이야기 하나가 뇌리에 박혀 있다. 장애인 권리 운동가에게도 투쟁이 전부가 아니라고, 투쟁 후 이동권이나 삶에 대한 안전망이 확보되면 이루고 싶은 새로운 꿈이 저마다 있다는 얘기였다. 그래, 누가 투쟁만 하다 세월을 다 보내고 싶을까. 장애가 있는 나의 꿈도 장애가 없는 사람과 다르지 않다. 내가 원하는 걸 내가 하고 싶을 때 하는 것, 꿈꾸는 걸 천천히 실현해 가는 것, 그것뿐이다. 그저 나답게 살아가길 바랄 뿐이다. 다수의 다른 장애 당사자도 그렇지 않을까? 최소한의 생활을 해 나갈 수 있는 여건이 형성되어 있었다면 생존을 위한 투쟁을 하러 거리로 나서지 않았을지 모른다. 대신 각자의 자리에서 자신의 방식대로 장애와 비장애 사이의 간격을 좁히려 애쓰고 있지 않을까.

(당신도 증명 가능한가요?)

잘못 그어진 선

"사회는 선을 긋는 곳이고,

너희는 이 선을 넘어올 수 없어."

영화 〈학교 가는 길〉 중에서

나는 오래도록 특수학교는 정말로 장애가 심한 아이들만 다니는 학교인 줄만 알았다. 내가 일반 초등학교에 입학해서가 아니다. 그때 나는 언어교육원에 다니고 있었는데, 나 외에도 다수가 일반 초등학교에 입학했다. 오직 입학할 때까지 한 마디도 말을 하지 못하던 한 친구만 특수학교에 입학했다. 하지만 그 아이도 말을 할 수 있게 되자 다음 학기에 일반 학교로 전학을 했다. 특별한 이유는 없었다. 지금처럼 장애 학생을 위한 관련 법령이나 제도가 마련된 상태도 아니었다. 특별히 심한 장애가 아니면 장애 학생들도 일반 초등학교에 입학하는 일이 많았다.

오랫동안 내가 살던 동네에는 특수학교 두 곳과 복지관이 있었다. 그런 환경 영향이었을까? 아니면 시대 상황이 그랬던 걸까? 내가 다닌 초등학교에는 나 외에도 장애가 있는 학생이 한 학년에 한두 명씩 있었다. 통합교육이 이루어지던 때가 아니어서 장애 학생들의 학습 환경이 그리 좋지 못했지만 대부분이 일반 학급에서 생활하며 비장애 학생들과 어울렸다. 장애 학생을 싫어하고 불편해하는 아이도 있었고, 장애를 불편으로 이해하고 도와주던 아이도 있었다. 대체로 그냥 한 동네 사는 또래 친구로 이해하는 아이들이 더 많았다. 그래서 통합교육이 제도적으로 이루어진다는 이야기를 들었을 때 장애 학생의 학습 환경이 개선되리라 생각했지, 거주지 주변에 다닐 학교가 없어 왕복 세 시간씩 버스를 타고 다른 지역으로 통학을 하는 장애 학생이 생길 줄은 생각도 못 했다.

김정인 감독의 영화 〈학교가는 길〉은 다소 충격적이었다. 서울 강서구의 서울서진학교라는 특수학교 설립을 두고 벌어진 갈등을 다루었는데, 영화를 보고 나서 조금 심란했다. 과거와 달리 너무 많은 선이 그어져 버렸다는 생각이 들었다. 특수학교 건립을 두고 장애 학생 학부모회와 강동구 주민 사이에 벌어진 갈등에는 강서구라는 지역의 특수성이 있었다. 이 지역은 서울에서도 서민과 사회적 약자가 많이 거주하는 지역으로 이미 특수학교도 있고 복지 시설도 다른 지역에 비해 많단다. 하여 강서구 주민 입장에선 특수학교가 아닌 다른 시설이 들어와 '서민이 거주하는 지역'이라는 꼬리표를 떼고 싶었다. 장애 학생 학부모들은 지역 주민들 앞에 무릎을 꿇고 호소해야 했다.

특수학교 건립은 늘 지역 주민과 갈등을 빚는다. 해당 지역 주민들은 지역 가치를 들먹이며 학교 설립을 반대한다. 여기에서의 가치란 곧 경제적 이득과 연결된다. 복지관이나 특수학교가 들어서면 못사는 동네로 비치고, 부동산에도 영향을 미친다는 것이다. 이런 현상을 볼 때마다 어쩌면 우리 사회는 발전하는 것처럼 보일 뿐, 실질적인 삶은 퇴보하고 있는 것이 아닐까 생각한다.

어린 시절에는 내가 어른이 되었을 쯤엔 장애가 있어도 살 만한 세상이라고 모두가 말하게 될 줄 알았다. 내가 자라는 동안 장애와 관련된 법령이 조금씩 생겨났으니까. 그 법들이 주변부로 밀려나 있던 장애인들을 중심부로 이끌어올 줄 알았다. 하지만 특수학교에 자녀를 보내는 학부모들은 '학교도 마음대로 다닐 수 없는 현실'이라고 여전히 울분을 토한다. 학교마저 제약을 받으면 장애인은 어떻게, 어떤 방식으로 사회 활동을 해야 할까?

한국 사회에는 무수한 선이 존재한다. 장애인에게만

(당신도 증명 가능한가요?)

그런 것이 아니다. 다른 소수자들도 그 선 밖으로 밀려나기 일쑤다. 누군가를 구분 짓고, 함께 살아가는 시민이 아니라 불편과 해악을 끼치는 존재로 인식해 눈앞에서 치워 버리고 싶어 한다. 나는 이것이 정말 잘못되었다고 생각한다.

어릴 적 내가 살던 그 동네에는 여전히 특수학교가 있다. 특수학교 인근엔 일반 고등학교와 초등학교도 있다. 그리고 아파트도 들어서서 이전보다 인구 밀도도 높다. 몇 해 전엔 장애 예술인 공간도 생겨 이따금 전시를 열어 지역 주민들과 소통을 시도하기도 한다. 아직 영향력은 미흡하지만, 현재 그 동네는 내가 살 때보다 더 좋아지고 있고, 새로운 시도를 계속 모색하고 있다. 얼마나 많은 장애 예술인이 여기에서 활동하는지 잘은 모르지만 이런 공간은 존재 자체가 소중하다. 예술인이 아닌 장애인들도 인근에 공간이 있으니 오가다 마주칠 테고 그럼 언젠가는 어떤 식으로도 참여해 볼 수도 있지 않을까?

그런 선택지에 모두가 자연스레 노출될 수 있으면 좋겠고, 사람들이 다양성을 경험하고 무수한 선택을 해 볼 기회의 순간이 많았으면 좋겠다. 무엇보다 아이들이 장애를 책이나 다른 매체에서가 아니라 일상에서 직간접적인 경험으로 배웠으면 좋겠다. 그러면 우리 사회에 그어진 선도 점차 옅어질 수도 있지 않을까?

(당신도 증명 가능한가요?)

확장

모두를 위한

그 미래는 건강하고 독립적인 존재들만의

세계가 아니라 아프고 노화하고 취약한 존재들의

자리가 마련된 시공간이다. 그리고 서로의

불완전함, 서로의 연약함, 서로의 의존성을

기꺼이 받아들이는 세계이다.

〈사이보그가 되다〉, 김초엽·김원영, 사계절(2021)

어디를 가나 요즘은 키오스크로 주문하는 곳이 많아졌다. 나는 키오스크를 잘 활용하는 편이다. 사실 언어장애가 있는 내겐 요구사항을 정확하게 전달할 수 있는 키오스크가 편리하다. 직원과 의사소통이 원활히 이루어지지 않아 같은 말을 몇 번씩 되풀이하거나 되물을 필요 없이 내가 원하는 바를 정확히 전달할 수 있다. 그렇지만 나는 키오스크가 있는 식당에 들어가기를 매번 망설인다. 이유는 단 하나, 주문한 음식을 직접 가져와야 하기 때문이다. 키오스크가 비치된 식당 대다수가 직접 주문을 받는 직원이 아예 없다. 적은 수의 직원이 음식을 조리하는 일만 담당한다. 그러나 나처럼 음식을 직접 가져오기 어려운 사람은 식당 직원에게 자리로 가져다 달라고 부탁해야 한다. 그래서 직원을 찾기 어렵고, 있어도 그 수가 적어 부탁하기 어려운 곳은 애초에 들어가기가 망설여진다.

규모 있는 커피 전문점에 가면 앱을 이용해 음료를 주문하고, 대형마트에 가면 셀프 계산대를 주로 이용한다. 이런 곳에서는 나도 곧잘 키오스크를 이용한다. 하지만 매장마다 사용법이 제각각이라 사용할 때마다 헷갈리기

일쑤고, 개인의 기호나 다른 불편 사항을 기기로 요청하기 어려운 경우도 많다. 음식 메뉴가 다양할수록 키오스크 사용 방식은 복잡하다. 마치 'yes or no'를 계속 선택해야 하는 게임 같다. 한두 개 정도는 간단해서 금세 선택하지만, 그 이상을 선택해야 할 때는 헷갈린다. 거기에 누군가 내 뒤에서 순서를 기다리고 있는 상황까지 더해지면 마음이 바빠져 실수를 연발한다. 동작이 느린 나는 대기자가 많으면 뒷사람 눈치를 저절로 보게 된다.

지금의 키오스크는 그 편리성을 아는 사람들의 편의만을 고려한 것이다. 소수자를 배려한 흔적은 거의 보이지 않는다. 시각 장애인을 위한 음성지원 서비스나 저시력자와 어르신을 위한 큰 글자 확대 지원 서비스는 아예 찾을 수 없다. 또한 기기 조작법을 상세히 적어둔 곳도 찾아보기 어렵다. 다수의 매장에는 키오스크만 있고 그에 대한 설명이 없다. 매장을 찾는 고객층이 정해진 경우엔 기나긴 설명이 필요 없지만, 불특정 다수가 드나드는 매장은 상세한 설명이 필요하다. 모두가 키오스크 화면에 나오는 설명만으로 원리를 이해하기엔 한계가 있다. 스마트폰이나 다른 스마트 기기를 자유자재로 다루는 사람들에게 키오스크는 몇 번만 이용하면 금세 익숙해지고 조작법에 차이가 있어도 사용에 무리가 없다. 그러나 그렇지 않은 사람에게는 한없이 어렵다. 높이는 또 어떠한가. 키오스크의 높이는 평균에 맞추어져 있어 휠체어를 타는 사람이나, 어린아이, 키가 작은 사람 등은 사용이 쉽지 않다.

편의를 위해 도입된 기기 앞에서 누군가는 소외를 경험하고 어떤 이는 또 다른 불편을 경험한다. 세상이 편리와 효율을 추구하는 동안 장애인, 노약자 같은 취약한 사람들은 당연하다는 듯 소외된다. 이제껏 모든 것이 대체로 그랬다. 어려움을 호소하는 사람의 처지가 아닌 지금보다 더 나은 편의만을 간구했다.

요즘은 엘리베이터를 설치하면 경사로를 함께 만드는 곳이 많지만(놀랍게도 엘리베이터 인접 보도 경사로 설치는 여전히 의무 사항이 아니다) 불과 십여 년 전까지도 아니었다. 오래도록 이동은 두 발로 온전히 걷는 보행자 중심이었기에 경사로를 염두에 두지 않은 설계가 많았다. 지금은 경사로 설치 하나로 휠체어 이용자와 걷기가 불편한 사람은 물론 무거운 짐을 든 사람까지 이동이 한결 수월해졌다.

키오스크도 마찬가지다. 나처럼 언어장애가 있거나, 의사 전달이 어려운 청각장애인에게 키오스크는 꽤 편리한 수단이 될 수 있다. 여러 대의 키오스크 가운데 한두 개는 높낮이를 달리한다거나, 기존 기기에 음성지원이나 큰 글자 확대 서비스만 지원해도 보다 많은 사람이 함께 편리함을 누릴 수 있다.

기존의 방식을 조금만 개선해도 다른 한 걸음이 된다. 그 한 걸음이 쌓여 불편의 격차를 좁히고, 마침내 그 한 걸음의 방식이 당연함이 되어 변화로 이어진다. 하여 그 다른 한 걸음이 변화된 세계에서 소외될 뻔한 당신에게도 더 편리하고 유용한 결과를 선물할지 모른다.

정말 작고 사소한 변화 하나로 인해 누군가의 삶을 돕고 그와 함께 살아가기 위한 토대가 마련된다. 사소한 변화로도 우리는 충분히 서로를 돌보며 사는 방향으로 전진할 수 있다.

소경은 점치는 데로,

궁형당한 자는 문 지키는 데로 돌리며,

심지어 벙어리와 귀머거리·앉은뱅이까지

모두 일자리를 갖도록 해야 한다.

〈담헌서〉, 홍대용

《역사 속 장애인은 어떻게 살았을까?》, 109쪽, 정창권,

글항아리(2011)에서 재인용)

당신도 증명 가능한가요?

일한다는 게 뭘까? 일은 해도 되고 안 해도 괜찮은 걸까? 생계 수단으로서의 일이 전부일까? 나는 A기업 법인 사무실에서 행정 보조로 주 16시간 일한다. 어느덧 일한 지 10년이 가까워져 가지만 내겐 책임질 업무가 거의 없다. 더 솔직히 말하자면 주어지는 업무가 없다. 처음엔 내가 일을 못 하거나 반나절만 근무해서 그런 줄 알았다. 그러나 시간이 흘러도 내가 책임지고 해 나가야 하는 일이나 행정을 보조할 만한 일이 주어지지 않았다.

이상했다. 시간이 흐를수록 일을 달라고 하기에도 점차 민망해졌다. 그러다 우연히 뉴스에서 사무직 장애인의 근무 현황을 다룬 보도를 접했다. 나와 별반 다르지 않은 상황에 다소 놀랐다. 대다수의 장애인 근로자가 마땅히 주어진 업무 없이 자리만 채우고 있었다. 사무직으로 근무하는 장애인 대부분은 중증이 아닌 경증임에도 일이 주어지지 않았다.

장애인 근로자 채용은 의무고용이다. 1991년부터 현재까지 취업이 어려운 장애인의 고용을 촉진하기 위해 시행되고 있는 제도지만 정착된 제도라고 하기엔 여전히 다수의 사업장에선 해마다 장애인 근로자를 채용하기보다는 고용부담금을 내는 경우가 더 많다. 공공기관도 별반 다르지 않다. 설령 고용하더라도 행정직보다는 경비나 환경미화 쪽에 배치하는 경우가 대부분이다. 조심스럽지만, 지금 우리나라에는 장애인 근로자가 할 수 있는 일과 장애인 근로자를 채용하는 사업장이 따로 정해져 있는 것 같다. 물론 더러는 비장애인처럼 장애인도 취업 준비생 기간을 거쳐 일자리를 찾기도 한다. 허나 이는 소수의 이야기다. 많은 장애인이 일자리를 찾는 데 어려움을 겪고, 장애가 있다는 이유로 거부당한다. 장애가 없어도 일자리를 구하기 어려운 시기라 부당하다고 호소하는 것도 부담스럽다. 하지만 잘못되었다고 외쳐야만 무엇이든 바뀔 여지가 생기지 않을까.

　　장애인이 일하려는 이유도 비장애인과 다르지 않다. 제힘으로 돈을 벌어 생활을 이어가고 싶은 욕망과 더불어 다른 이들과 함께 어울려 사회 구성원으로서 역할을 하

(당신도 증명 가능한가요?)

고 싶은 욕구가 있다. 특별하지 않은 지극히 평범한 욕망이다. 내게도 그런 욕망이 있다. 글 쓰는 것과 별개로 날마다 규칙적으로 어디론가 나갔다가 돌아오고, 적더라도 내 힘으로 돈을 벌고 싶은 마음이 크다. 일하기 전에는 그런 마음이 나에게 있는지 몰랐다.

대체로 많은 기업체가 장애를 지닌 입사 지원자에게 난색을 보인다. 특정 자격이나 기술이 있는 경우를 제외하고, 대부분은 일하는 데 아무 지장이 없으면 채용 여부를 고려하지만 그렇지 않으면 거부한다. 달리 말해, 기업의 장애인 전형은 주로 일하는 데 지장이 거의 없는 경증 장애인만 선호한다. 경증도 유형에 따라 다르지만, 생활하는 데 큰 어려움이 없는 장애인이라면 일반 채용도 가능하지 않을까 싶지만 기업 측 생각은 다른 듯하다. 보조 장치가 필요하거나 빠르게 업무를 처리하기 힘든 중증 장애인은 아예 지원 가능한 일자리를 찾기 어렵다. 더욱 절망적인 것은 이것을 당연하게 생각하는 사회 전반의 분위기다.

오늘날 노동 개념에는 생산성과 자본주의적 가치라는 두 가지가 제일 중요한 것 같다. 기업은 빠르고 정확하게 일을 해낼 수 있으며 이익을 안겨 줄 근로자를 우선으로 채용한다. 그러나 모두가 그런 이익을 안겨 줄 수 있는 것은 아니다. 장애가 없더라도 저마다의 사정이 있다. 아이가 어려서 단축 근무를 원할 수도, 지병이 있거나 다른 사정으로 규칙적인 출퇴근이 어려운 사람도 있다. 동시에 이들 모두는 생활을 이어나가기 위한 수단으로서 일이 필요하고, 자기 성장을 위해 또는 사회 일원으로서 소속감을 느끼기 위해 일하고 싶어 한다. 하지만 많은 기업에서는 근로자가 처해 있는 현실보다 기업의 이익을 먼저 생각한다. 현대 사회에서 이는 너무 당연한 일처럼 느껴진다. 그러나 정말 그럴까?

장애인과 취약자에게 일자리를 제공하고 적절한 사회 참여를 유도하는 것은 국가의 역할이고, 건강하고 행복한 사회 공동체를 만드는 기본 바탕이다. 백 년도 더 전에 살았던 조선시대 사람들도 알고 있던 사실이다.

(당신도 증명 가능한가요?)

"어떤 장애인이라도 배우고 일할 수 있어야 한다."

〈인정〉, 최한기(《역사 속 장애인은 어떻게 살았을까?》,
107쪽, 정창권, 글항아리(2011)에서 재인용)

조선후기 실학자 최한기도 장애인의 직업과 자립을
강조했다. 조선시대에는 장애인을 폐질인廢疾人 혹은 잔질
인殘疾人이라고 불렀는데, 최한기는 질병의 후유증으로 신
체 기능이 달라진 이들 또한 배우고 일할 기회를 가져야
한다는 주장을 했다. 이 시대 장애인은 아무것도 할 수 없
어 도움만 받는 사람이 아니라, 사회 공동체의 일원이었
다. 장애인이 사회 곳곳에서 활동하는 것이 낯설지 않았
다. 맹인은 악기를 다루거나 독경을 외웠고, 장애와 상관
없이 고위 공직에 오른 이들도 있다. 세종 시절 좌의정 허
조는 척추장애로 등이 굽었다고 하고, 영조 시절 우참찬
을 지낸 이덕수는 청각장애인이었다.

일이란 먹고 살기 위한 생계 수단인 동시에 한 인간
의 정체성이며 꿈이기도 하다. 열심히 일해 공동체 안에
서 능력을 인정받고, 성취의 기쁨을 누리고, 성장하고 싶

은 욕망은 누구에게나 있다. 조선시대에는 열려 있던 장애인의 사회생활이 어쩌다 현대에 이르러 더 어려워진 걸까. 충분히 일할 수 있는 경증 장애인이 사무직으로 채용된 후 책상 지킴이로 전락한 이유는 뭘까. 오늘도 주어지지 않는 일을 기다리며 책상 앞에 앉아 풀리지 않는 의문을 던져 본다.

(당신도 증명 가능한가요?)

소통의 방식

내 인생이 너무나 힘들다.

내가 왜 그랬을까 난 내가 궁금하다.

내가 왜 또래 아이들과 놀림감을 했을까

난 고민이다.

내가 죽으면 참 좋았을 걸 안다.

그래도 쉬고 싶다.

자고 싶다.

울고 싶다.

울 때는 울어야 한다.

기쁠 때는 기뻐야 한다.

나도 참 모른다.

그만해야지.

'나는 왜 그랬을까', 〈니 얼굴〉, 정은혜, 보리(2022)

당신도 증명 가능한가요?

대학 졸업 후 한참 갈피를 잡지 못하고 웅크려 지내던 시기가 있었다. 엄마가 자주 '그렇게 자신이 없냐'라고 물었다. 사실 자신이 없었다기보다는 막막함이 더 컸다. 학교 생활 외의 다른 활동을 해 본 적이 없어 무엇을 어떻게 해야 할지 몰라 막막했다. 막막하니 아무것도 하고 싶지가 않았다. 그런 생활을 지속하니 정말 삶에 의욕이 없어졌다. 아마 그때 아무 데도 가야 할 곳이 없었다면, 나는 서서히 세상과 소통할 통로를 잃었을지도 모른다. 그러나 헬스장에 나가 운동을 해야 했고, 이따금 외출할 일이 생겼고, 어떤 날엔 도서관에도 갔다. 동시에 그런 생활이 무료했다. 무료하고 무기력한 스스로의 모습에 움츠러든 적도 있다. 정은혜 작가도 그랬을까? 뭐라 말로는 설명할 수 없는 그런 감정의 소용돌이를 느꼈던 걸까?

정은혜 작가는 드라마 〈우리들의 블루스〉 방영과 캐리커처 작가로서의 성장기를 다룬 다큐멘터리 〈니 얼굴〉 상영 이후 엄마 장차현실 만화가보다 더 인기 있는 유명인사가 되었다. 다운증후군은 더는 그를 움츠러들게 하지 못했다. 하지만 처음부터 다운증후군이 있는 정은혜를 세상이 반기진 않았다. 세상이 그를 반기지 않기에 그도 세상에 나서려 하지 않았다. 장차현실 만화가에 따르면 대학 졸업 후 정은혜 작가는 밖에 나가길 거부하는 동시에 식구들이 자신을 쳐다보는 것에도 거부감을 드러내고, 외부와의 연락도 끊은 채로 동굴 속에서 지내는 것과 같은 시간을 보냈단다. 그러는 동안 시선 강박과 조현병 증세를 보였다고 한다.

동굴 속으로 깊숙이 숨어 버린 딸을 가만히 두고만 볼 수 없었던 건 엄마 장차현실 만화가였다. 장차현실 만화가는 딸에게 자신의 작업실을 청소하는 아르바이트를 제안했고, 정은혜 작가는 그 제안을 받아들여 약간의 보수를 받고 작업실 청소를 시작한다. 하지만 그는 작업실에서 청소보다 그림에 더 관심을 보였다. 작업실에 그림을 그리러 오는 학생들 옆에 앉아 그림을 그리고, 작업실 청소가 끝난 후에도 혼자 책상에 앉아 몇 시간이고 그림을 그렸다. 그것이 캐리커처 작가로서 정은혜의 시작점이었고 엄마 장차현실 만화가가 뒤늦게 발견한 딸의 재능이었다. 이전까지는 그도 딸의 재활과 치료에만 중점을 두었

지, 성인이 된 딸의 미래를 그려 보거나, 뭘 잘 할 수 있을
지는 생각하지 못했다.

장차현실 만화가에게도 정은혜 작가의 첫 그림은 큰
놀라움이었다. 딸에게 그런 재능이 있는지 몰랐기 때문이
다. 그림을 보기 전까지 그에게 정은혜는 다운증후군 장
애가 있는 딸일 뿐이었다. 딸에게 어떤 욕구와 욕망이 있
는지 미처 몰랐고, 이를 통해 사회 참여가 가능하다는 것
도 상상하지 못했다. 명확히 말해 다운증후군이나 발달
장애가 있는 성인도 치료나 재활 외에 본인의 행복과 만
족을 위해 무언가를 할 수 있다는 걸 그에게 알려 주는
이가 없었다. 몰랐기에 딸과 함께 무너지며 절망적인 시간
을 보낸 적도 있다.

의사 표현이 미숙하거나 서툴지만, 발달장애인도 세상
과 소통하고 참여하려는 의지가 있다. 정은혜 작가는 그
림을 통해 활기를 얻고 세상과 소통하면서 제 방식대로,
가능한 만큼 타자와 교감을 나누며 제 일을 해 나가는 사
회 구성원이 되었다. 그림이 단순히 자신을 드러내는 표현

수단에 그치는 것이 아니라 세상과 관계 맺는 일임을 알게 되었고, 세상은 그제야 다운증후군 장애가 있는 정은혜 작가를 주목하기 시작했다. 이는 발달장애인 자녀를 둔 만화가이자 엄마 장차현실 작가 개인의 노력과 정은혜 작가의 의지로 이뤄 낸 결과다.

가족 외에 다른 이와 교류할 통로가 없었다면 내 삶도 퇴행했을 것이다. 하지만 나는 그러지 않았다. 한동안 방황했으나 내가 할 수 있는 만큼 사회에 참여하고자 했고 타인과 관계 맺으며 살려 노력했다. 나만의 노력이 아니었다. 느리고 서툴러도 함께 해 보자며 손 내미는 이들과 망설이며 쭈뼛대는 내게 괜찮다고 말하는 이가 주변에 많았다. 어쩌다 인연이 닿은 인문학 북카페 백년어서원에서 만난 사람들이 그랬고, 헬스장에서 마주치는 사람들이 그랬다. 그런 응원꾼들이 많았기에 나도 계속 움츠러들어 있을 수만은 없었다.

부산의 한 동네 책방에서 열린 정은혜 작가의 북토크에 참가한 적이 있다. 그는 30~40분가량 자신의 이야기를 들려주었는데, 이따금 주어와 서술어가 뒤섞인 상태로 발언하거나 자리를 이탈해 화장실을 다녀오기도 했다. 그게 그다지 이상하진 않았다. 마이크를 잡고 발언하는 정은혜 작가도 그의 이야기를 듣는 독자도 모두 행복하고 즐거웠다. 심지어 자연스러웠다. 당연했다. 그는 그날 그간 해 오던 작업과 자신의 일상을 독자에게 들려주는 작가로서 발언 중이었으니, 이상하거나 특별한 일이 아니었다. 다운증후군이라는 사실을 잊을 정도로 정은혜 작가는 활기차고 빛났다. 독자를 응대하는 방식도 여느 작가 못지않은 프로였다. 그냥 동시대를 함께 사는 젊은 청년 작가였다.

그를 시작으로 사회 활동을 하는 장애인이 더 늘어났으면 좋겠다. 많은 장애인이 정은혜 작가가 그림을 그리기 이전에 그랬듯 여전히 자기만의 동굴에 갇혀 지낸다. 발달이 미흡해 표현을 잘하지 못하는 것이지 이들에게도 감정이 있고 욕구가 있다. 누구나 사회 활동을 못하면 쉽게 우울감에 빠지고 삶이 퇴보한다. 장애가 있는 이는 더 빨리 퇴보한다. 발달장애도 다르지 않다. 그들도 일정한 규칙이 정해진 일상이 주어지고, 세상과 소통할 통로가 생기면 조금씩 전진한다. 실수투성이거나 잘 못하면 또 어떤가? 정은혜 작가를 보며 알게 되었다. 자신의 방식대로 소통할 수 있다면 어떤 식으로든 세상과 교감할 수 있다는 것을.

당신도 증명 가능한가요?

보호자는 환자와 자신,

둘만 아는 장면들 속에 조용히 고립된다.

〈새벽 세 시의 몸들에게〉, 김영옥·메이·이지은·전희경 지음,

봄날의책(2020)

지나 언니가 가끔 생각난다. 언니를 처음 본 장소는 언어교육원이었다. 웃는 게 참 예뻤던 언니는 열 살 때 교통사고를 크게 당해 말도 못할뿐더러 혼자선 움직일 수도 없었다. 그래서 늘 어머니 등에 업혀서 언어교육원에 왔다. 고등학생쯤 됐을까. 지나 언니는 키도 크고 몸집도 있었지만 언니의 어머니는 키도 작고 왜소했다. 그런데도 늘 언니를 업고 왔다. 때론 아저씨가 언니를 업고 오기도 했다. 장애인 활동보조 서비스가 있던 때가 아니어서 가족들이 언니를 돌봤다. 그때 나는 초등학교 저학년이었기 때문에 기억 속에 흐릿하게 몇 장면만 남아 있을 뿐 그 가족의 상세한 사정은 모른다.

어느 날엔가, 엄마와 함께 지나 언니네 집에 갔다. 엄마는 음식을 씹어서 삼키기 어려운 언니를 위해 부드러운 음식을 만들어 갔다. 지나 언니는 방에 누워 있었고 늘 그랬듯 그 옆엔 언니의 어머니가 있었다. 지나 언니에 대한 나의 기억은 여기까지다.

다시 시간이 흐른 어느 여름날, 언니가 세상을 떠났다는 소식을 들었다. 그땐 그저 안타깝고 슬펐던 것 같다. 언니를 늘 업고 다니던 어머니의 모습이 선명히 떠올랐다. 그러나 여전히 미성숙했던 나는 전혀 짐작하지 못했다. 온종일 돌봄이 필요한 사람과 함께 생활하는 게 무엇을 의미하는지. 그동안 너무 익숙해서 당연하다고 생각했던 가족 돌봄 너머에 있는 어려움을.

몇 해 전 할머니가 아프셔서 집으로 모시고 왔다. 할머니가 오신 이후 우리 가족의 생활은 완전히 달라졌다. 특히 저녁 시간엔 혼자 집에 계시는 걸 무서워하셔서 누구라도 함께 집에 있어야 했다. 할머니가 계시는 몇 달간 우리 가족의 생활엔 이전과는 다른 제약이 따르기 시작했다. 돌봄의 책임이 더해진 만큼 개인의 자유는 뒤로 밀려났다. 주된 돌봄자였던 엄마는 더 그랬다. 초반엔 그럭저럭 괜찮았지만, 할머니가 혼자 신변처리를 하기 어려워지자 엄마의 하루도 상황에 쫓기기 시작했다. 온종일 바빴고, 집에 다른 사람이 없으면 마음 편히 장을 보거나 산책하러 나갈 엄두도 내지 못했다. 돌봄이 필요한 누군가가 집에 있다는 사실만으로 온 신경이 곤두섰다. 결국 할머니는 우리 집에 몇 달 머무르시다 다른 형제의 집으로 가셨고, 그 형제도 힘에 부쳐 나중엔 요양병원으로 모셔야 했다.

할머니와 지냈던 몇 달 동안 지나 언니의 어머니가 문득문득 떠올랐다. 그때 지나 언니의 어머니는 어떤 마음, 어떤 상황이었을까. 어떻게 그렇게 오래 언니를 돌볼 수 있었을까. 누군가를 돌본다는 건 참 따스한 말인데, 왜 책임만 더해지는 말처럼 들릴까.

장애와 돌봄은 떼려야 뗄 수 없는 관계다. 중증 장애인이 있는 가정에서 돌봄은 숙명과도 같다. 2022년 5월, 인천에서 한 어머니가 중증 장애가 있는 딸을 살해하는 사건이 있었다. 그 내용은 처참했다.

A 씨는 지난 5월 23일 인천시 연수구 한 아파트에서 30대 딸 B 씨에게 수면제를 먹인 뒤 살해한 혐의로 불구속 기소됐다. 뇌병변 1급 중증 장애인이던 B 씨는 태어날 때부터 장애를 앓았으며 사건 발생 몇 개월 전에 대장암 3기 판정을 받았다. 이에 A 씨는 범행 후 자신도 수

(당신도 증명 가능한가요?)

면제를 먹고 극단적 선택을 시도했으나 때마침 아파트를 찾아온 아들에게 발견됐다.

'뇌병변 딸 38년 돌보고도 법정서 "난 나쁜 엄마"
오열한 노모' 문화일보, 2022.12.8.

이와 비슷한 사건을 종종 기사로 접한다. 내용만 다를 뿐 맥락은 늘 같아서 읽는 이의 감각마저 무뎌질 지경이다. 간혹 왜 기관의 도움을 받지 않았느냐고 묻는 사람도 있다. 많은 사람이 오해하는 부분이 바로 여기다. 장애 판정을 받으면 따로 요청하지 않아도 기관에서 필요한 도움을 줄 것으로 생각한다. 그렇지 않다. 활동 지원사를 비롯한 체계적인 지원은 개별 신청이 필요하다. 하지만 대체로 수요는 많고 자원은 부족해서 신청해도 자격 미달이나 서류 불충분으로 제외되는 경우도 많다. 꼭 필요해도 지원을 받기까지 절차가 더 까다롭고 번거롭다. 그러다 보니 중도에 포기하는 경우도 있다. 지원을 받지 못하면 돌봄은 전적으로 한 가정의 책임으로 남는다. 그 가정에 돌봄의 무게를 나누어 줄 구성원이 충분치 않다면? 고립이다.

중증 장애인을 돌보는 가정에만 일어나는 비극이 아니다. 언젠가 한 80대 남편이 오랜 시간 아픈 아내를 돌보다 힘겨운 나머지 동반 자살을 시도했다는 기사를 읽은 적이 있다. 그때도 상황이 유사했고, 재판부 판결도 다르지 않았다. 아픈 이를 돌보는 일이 왜 자꾸 개인의 비극으로 끝나는 것일까.

늘 지나 언니의 곁에 있었던 언니의 어머니에게는 다행히 돌봄의 책임을 함께 나눌 아저씨도, 다른 가족도 있었다. 하지만 지나 언니에게 가족이 많지 않다면 어땠을까? 그래도 아줌마는 언니를 끝까지 잘 돌봤을 테지만, 나보다 큰 덩치의 장애 자녀를 보살피는 일이 얼마나 고될지는 어떤 말로도 다 설명되지 않는다.

언젠가 산책하고 집으로 돌아오는 길, 어느 아주머니가 나를 보더니 대뜸 활동 지원사가 있으면 좋다고 신청하라며 말을 걸어온 적이 있다. 순간 당황스러웠는데 그 내용을 들어 보니, 내게는 필요하지 않은 것들이었다. 함께 산책을 가고, 영화를 보러 가는 건 지금도 충분히 나 혼자 할 수 있는 것들이었다. 그의 눈엔 나 역시 누군가의 돌봄이 필요한 사람이었나 보다.

돌봄이 필요한 사람의 범위는 어디까지일까. 우리는 돌봄이 필요한 사람과 돌보는 사람을 명확하게 분리할 수 있을까? 사실 인간은 누구나 돌봄을 필요로 한다. 갓 태어난 어린아이나 노약자뿐만 아니라 누구에게나 각 시기에 맞는 적절한 돌봄이 필요하다. 그러나 우리나라에서는 성장기가 끝남과 동시에 돌봄도 개인의 책임으로 전환된다. 성장기가 지나도, 장애나 지병이 없어도, 우리 모두에겐 여전히 돌봄이 필요하다. 아이를 키우느라 지친 어머니도, 생업에 찌든 직장인도 누구 하나 돌봄이 필요치 않는 사람은 없다. 돌봄은 건강한 생활을 지속 가능하게 만드는 행위이자 공동체의 배려다. 지금 당장 나의 일이 아닐 순 있어도 영원히 나의 일이 아닐 순 없다. 언제라도 누구든 누군가를 돌보거나 돌봄을 받는 처지에 놓인다.

내게도 언젠가 절실히 돌봄이 필요한 순간이 올 것이다. 나뿐만이 아니라 고령화 사회로 진입한 한국에서 돌봄의 사회적 책임은 더욱 커지고 있다. 모두를 위한 최소한의 돌봄이 필요하다. 생애 전 과정 구석구석에서 작동할 수 있는 사회적 돌봄 장치가 있어야 한다. 사회가 개인을 돌볼 수 있는 방식은 다양하다. 아픈 이들이 언제라도 치료비나 간병 걱정 없이 찾을 수 있는 공공 병원 설립이 그렇다. 너무 많은 사회적 비용이 들지 않느냐고 묻는 이도 있다. 나는 되묻고 싶다. 가난과 장애, 그 밖의 불편을 증명하기 위해 얼마나 더 많은 고립과 죽음이 필요하느냐고. 사소한 불편이 따르더라도 서로를 돌보고 지키며 일상을 유지해 나갈 방법을 모색하는 게 먼저 아니냐고.

(당신도 증명 가능한가요?)

상세히 기록될 수 없는 불편

"저는 현재까지도 법적으로

장애인으로 인정되지 않는 미등록 당사자로

살아가고 있습니다."

'성인이 될 때까지 '자폐' 진단을 받지 못한 나의 삶',

김세이, 일다, 2022.07.28.

드라마 〈이상한 변호사 우영우〉가 크게 인기를 끌면서, 한동안 어딜 가나 그 드라마 얘기가 나왔다. 처음엔 실제 모델이 있는 줄 알았는데, 알고 보니 허구의 캐릭터였다. 장애가 있는 주인공이 등장하는 드라마가 '우영우'가 처음은 아니다. 자폐와 서번트 증후군이 있는 의사가 주인공으로 등장하는 〈굿 닥터〉도 상당한 인기를 끌며 미국에서 리메이크되기도 했다. 우리 사회가 조금씩 바뀌는 것 같아 반갑다가도, 주인공이 모두 천재적 두뇌와 능력을 지닌 특별한 인물이라는 점에 거리감이 느껴지기도 한다.

현실에도 우영우 같은 사람이 있을까? 드라마에서 우영우는 여러 상황을 종합해 볼 때 유아 시절 자폐 스펙트럼 진단을 받은 것으로 짐작된다. 자폐는 크게 분류하면 발달장애에 속한다. 이 속에서도 세분되지만 발달장애는 보통 18세 이전에 영구 판정을 받는다. 만일 우영우가 어릴 때 자폐 진단을 받지 않고, 성인이 되어서 받으려 했다면 아마 판정 자체가 불가능하지 않았을까?

겉보기에 남들과 다른 건 분명해 보이지만 우영우는 직장 생활을 할 수 있을 만큼의 사회성이 있고, 어설퍼도 다른 이들과의 의사소통이 가능하기 때문에 자폐 진단을 받을 수 있을지는 몰라도 장애 판정으로 이어지기엔 어려 웠을 확률이 높다.

내가 초등학교 저학년 때, 나보다 몇 살 위 고학년 언니가 있었다. 말을 섞은 적도 없었지만 느낌이 왔다. '저 언니, 자폐인가?' 직감이었다. 자폐가 있는 다른 친구와 여러 부분에서 비슷하다고 생각했다. 하지만 어떤 날엔 그냥 많이 쾌활하고 조금 산만한 성격으로만 보일 때도 있었다. 자폐는 증상이 심하지 않으면 겉으로 잘 드러나지 않는다. 그러다 보니 진단 자체가 늦어지는 경우도 많고, 검사 자체를 고려하지 않는 일도 있다.

스물네 살이 되어서야 간신히 자폐 스펙트럼 진단을 받을 수 있었다는 한 청년의 글을 읽었다. 그는 학교 선생님의 권유에도 불구하고 내 아이는 정상이어야 한다는 부모님의 확고한 신념 때문에 성인이 되어서야 진단을 받을 수 있었다. 중증은 한눈에도 금세 표가 나서 장애 진단을 받기 비교적 쉽다. 그러나 경증에 해당하는 발달장애인이

나 자폐 당사자는 장애 판정이 나지 않을 걸 염려해 시도조차 하지 않는 경우도 많다. 가벼운 수준의 장애여도 분명 도움이 필요한 순간이 있을 텐데, 그러지 못하니 상황이 악화된다. 적절한 시기에 적절한 도움을 받을 수 있으면 사회에서 생활하는 데 큰 어려움 없는 경우도 많은데 말이다.

'정상적인 삶'을 갈망하는 한국 사회에서 발달이 느리거나 또래와 비교해 아이가 좀 다른 것 같다며 상담을 권유한다면 과연 어느 부모가 순순히 응할까? 대다수 부모가 교사에게 화를 내며 되레 제 아이를 다그친다. 그러는 사이 아이는 지금보다 조금 더 괜찮아질 기회를 놓친다. 경증 장애는 말 그대로 가벼운 장애다. 적절한 시기에 적절한 도움이나 조언을 받으면 완벽하진 않아도 다른 사람들 속에서 그런대로 살아갈 수 있을 뿐만 아니라 자기 자신을 있는 그대로 받아들이는 방식도 습득한다.

앞서 말한 청년에게 '자폐 스펙트럼' 진단은 오로지 자신을 제대로 알기 위한 하나의 과정이었다. 나답게 살기 위해 본인이 어떤 상태인지 확인해야 했다. 장애 유무를 떠나 자신이 다르게 행동하고 말하는 이유를 알고 싶었을 뿐이다. 청년의 부모는 그에게 발달이 느릴 뿐이라 말하며 아들의 이상 행동에 침묵하고 끊임없이 '정상적인 삶'의 범주 내에서 그가 자라기를 요구했다. 부모가 요구할수록 그는 더 극심한 강박과 불안에 시달리며, 학교와 사회에서 늘 부적응자로 낙인찍혀 살아야만 했다. 그럴 수밖에 없었던 '자폐'라는 뚜렷한 원인이 있었으나 서류상 명확한 근거가 없었기에 진단이 내려진 스물네 살 이전까진 그 어떤 도움도 받을 수 없었다. 어쩌면 미등록 장애인으로 살아갈 앞으로의 삶도 이전과 별 차이가 없을지도 모른다.

현실은 신기할 정도로 경계가 뚜렷하고 그 경계를 지키려 안간힘을 쓰는 사람이 다수다. '장애 등록제'에도 그런 경계가 있다. 당사자가 겪는 불편과 관계없이 의학적인 어떤 기준에 부합해야만 장애 등록이 가능하다.

자폐 진단을 받았다 해도 서류상 미등록 장애인이면 그냥 비장애인이다. 도움이 필요해도 등록된 장애인이 아니기에 도움을 청할 수도, 받을 수도 없다. 물론 중증의 경우엔 장애 판정이 내려진다. 그러나 경증의 경우 겉으로 드러나는 증상이 미비하기에 장애 판정을 받는 경우가 드물다. 그렇다고 생활 속에서 겪는 어려움이 전혀 없을까? 장애 판정을 받은 사람보다 더 많은 어려움에 부딪힐지도 모른다.

　장애는 설명되지 않거나 말로는 표현할 수 없는 부분이 더 많다. 구체적으로 형용할 수 없는 괴로움이나 거북함에 대해 증명을 요구하면 대부분 추상적으로 설명할 수밖에 없다. 장애는 상세히 기록될 수 없는 불편이다. 증명도, 명료한 판단도 불가능하다. 그러나 현실은 명료하고 확정적이길 원한다. 정상성에 대한 환상이다. 현실에 우영우 변호사가 없는 이유도 여기에 있지 않을까. 장애인 사회에서 그런 이가 없다는 이야기일 뿐, 비장애인 사회 어딘가엔 조금 엉뚱하지만, 천부적인 재능이 있는 이상한 변호사가 있을 수 있다. 다만 그가 내밀한 속사정을 밝히길 꺼리는 것일 수도.

(당신도 증명 가능한가요?)

어떤 공연을 좋아하나요?

페스티벌 나다에 모인 사람들은 편견의 벽을

깨기 위한 예술가들의 꿈과 열정을 온몸으로

느끼고, 과학과 음악과 예술이 혼재하는 기발한

아이디어들을 감상하고, 동시에 다양한 형태의

장애를 체험하고 공감합니다.

'숨겨진 감각축제'(페스티벌 나다 소개글)

공연이나 전시를 보는 걸 좋아한다. 지금은 예전만큼 자주 즐기진 못하지만, 이십 대 중반엔 연극제 기간이면 소극장과 문화회관 앞을 어슬렁거렸고, 영화제 기간엔 아침 댓바람부터 영화관 주변을 배회하며 하루에 서너 편씩 영화를 보곤 했다. 유명한 전시가 부산에 열린다는 소식이 들리면 시간을 내서 보러 가기도 했다.

말하는 건 불편해도 시청각에 문제가 없고, 느리긴 하지만 두 발로 어디든 잘 다니며, 다른 보조기기의 도움이 필요하지 않으니 내가 즐기고 싶은 문화 공연을 즐기는 데 별다른 어려움이 없다. 그래서 무심했다. 이동이 어렵거나 시청각 장애가 있는 사람은 영화관이나, 전시장, 공연장에 접근하기가 어렵다는 사실을. 내가 지닌 장애가 아니기에 미처 생각하지 못한 영역이다.

몇 해 전 부산문화재단에서 주최한 장애인 예술 테이블 토크 '오후 세 시 프린퀸시'를 방청하면서 이따금 이야기만 듣던 배리어프리를 알게 되었다. 배리어프리는 고령자나 장애인도 살기 좋은 사회를 만들기 위해 물리적·제도적 장벽을 허물자는 운동이다. 누구나 손쉽게 쓸 수 있는 제품을 만들고 사용 환경을 조성하는 유니버설 디자인과 유사한 취지를 지니고 있다. 다만 배리어프리는 물리적 영역이 아닌 활동적인 영역의 범주이기에 그 범위가 방대하다. 그런 배리어프리 문화 예술기획 이야기를 들려주기 위해 '페스티벌 나다'의 독고정은 감독이 서울에서 부산까지 내려왔다. 나는 배리어프리 영화나 공연을 본 적은 없지만 간혹 '페스티벌 나다'에 대한 이야기는 들은 적이 있다. 그래서 그의 이야기를 직접 들어 보고 싶었다.

2012년 '숨겨진 감각 축제'라는 부제로 시작된 '페스티벌 나다'의 독고정은 총감독은 원래 소외계층의 구직 활동을 돕는 사업을 했다고 한다. 어느 날 함께 점심을 먹던 청각장애가 있는 일행이 식당에서 틀어 놓은 TV에서 방영 중인 음악 예능 프로그램을 보고는 "공연장에 가면 정말 저렇게 눈물이 나나요?"라고 물어 왔다. 독고정은 감독은 집으로 돌아오는 내내 그 말이 귓가에 맴돌아 '청각장애인은 공연장에 갈 수 없나'라는 의문이 들어 검색해 봤더니 외국에선 청각장애인도 클럽에서 음악을 즐기는 이들이 많았다. 그는 소리를 시각화하면 청각장애인들도 충분히 공연을 즐길 수 있겠다는 생각이 들었고, 그 아이디어가 '페스티벌 나다'의 시작이었다.

그는 공연 기획 단계부터 특정 대상을 정하지 않고 모두가 함께 즐길 수 있는 축제를 준비했다. 비장애인과 장애인이 함께 신나게 즐길 수 있는 공연을 꿈꿨고 실행에 옮겼다. 청각장애인을 위한 우퍼조끼, 진동쿠션을 준비하고 뮤지션의 거친 숨소리까지 전달하는 춤추는 수어 통역 등 각기 다른 유형의 장애가 있는 이들이 자신의 감각으로 공연을 즐길 수 있도록 신경쓴 기획이었다.

"제가 생각하는 장애는 감각의 부재나 상실이 아니라 차이입니다."

이렇게 이야기의 포문을 연 독고정은 감독은 '감각의 전이'라는 말을 자주 했다. 시청각에 문제가 없는 사람은 기존 감각 체계만으로도 문화 공연을 즐길 수 있어 다른 감각으로 전이의 필요성을 못 느낀다. 나 역시 장애가 있지만 내 장애는 시청각 기능과는 무관해 공연을 즐기는 데 무리가 없다. 그래서 감각의 전이라는 표현이 낯설었다.

(당신도 증명 가능한가요?)

독고정은 감독에 따르면 '페스티벌 나다'가 배리어프리 최대 축제로 자리매김 할 수 있었던 것은 어떤 감각이 다른 감각으로 전이되는 경험을 관객 모두에게 선사할 수 있었기 때문이다. 배리어프리는 누군가를 위한 보조적 제도가 아니다. 예술을 같이 즐길 수 있는 방법을 찾자는 것이다. 가령 SNS에 포스터 홍보를 할 때 포스터만 첨부하지 말고 저시력자를 위해 큰 글씨로 내용을 함께 기재하는 것이 그렇다. 또 시청각 장애가 있는 이들을 위해 영화에 대사는 물론 화면해설까지 자막을 넣거나 음성해설을 넣는 배리어프리 영화가 대표적이다.

최근엔 OTT를 많이 보는데, 어느 날 함께 드라마를 보던 동생이 대사가 정확히 안 들린다며 "공중파 드라마도 한글 자막이 나오면 좋겠다"라고 투덜댔다. 그러고 보니 OTT가 생긴 이후로 나 역시 한국 방송임에도 자막을 켜둔 채 시청하는 경우가 대부분이었다. 청각에 문제가 없어도 방송 자막은 무척 유용하다는 것을 새삼 깨닫는 순간이었다.

독고정은 감독이 가장 중요하게 강조하는 것은 '함께 즐기는' 분위기다. 이 공간이 누구도 배척하지 않고 환영한다는 사실을 알리는 것이다. 실제로 그는 홍대에서 소규모 공간을 운영 중인데, 그곳은 엘리베이터도 없는 2층에 자리 잡고 있다. 시설이나 환경이 완벽히 갖추어진 것이 아님에도 그곳에 공연을 보러오는 중증 장애인이 있고 신나고 편안히 즐기다가 돌아간다고 덧붙였다. 중요한 지적이었다. 다수의 장애인이 위축되고 의기소침하게 지내는 까닭에는 여러 요인이 있다. 그중 큰 이유가 환영받지 못하는 분위기다. 직접 뭐라 하지는 않아도 온 피부로 느끼는 분위기 말이다. 그래서 어딘가에 가고 싶거나 뭔가를 하고 싶어도 쉽게 용기 내어 덤벼들지 못하고 누군가 요청을 해도 망설이기 쉽다. 아무도 뭐라 말하지 않아도 마음이 편치 않은 거다. 어쩌면 장애인 화장실이나 경사로 같은 물리적인 요인보단 상대가 나를 바라보는 시선을 포함한 여러 심리적인 요인이 장애인의 외부 활동을 가로막고 있는 것은 아닐까?

두 발로 걸을 수 있고, 다른 이의 도움이 거의 필요 없

(당신도 증명 가능한가요?)

는 나도 가까운 이에게 함께 무언가를 해 보겠냐는 말을 건네기까지 망설이는 일이 많다. 불편을 초래할까 봐 그런 말을 꺼내기가 늘 조심스럽다. '오후 세 시 프리퀀시' 토크 참가 신청서를 작성할 때도 그랬다. 한 지인에게 함께 가지 않겠느냐고 물었지만, 그는 자신이 만나는 이들은 장애 정도가 심한 분들이 많아 이런 프로그램에 참여가 어렵다고 이야기했다.

내가 참여한 시간에도 나와 다른 한 사람을 제외하곤 모두가 비장애인이었다. 그래도 주제가 주제이니만큼 장애 예술인이 함께하기를 내심 바랐으나 그건 너무 큰 바람이었을까. 그러나 장소만큼은 고민해서 선정한 흔적이 곳곳에서 느껴졌다. 초행길이라 다소 길을 헤매긴 했지만, 지하철역과 비교적 가까웠고 건물에 엘리베이터도 있었고 행사가 진행되는 공간도 꽤 넓었다. 시간이 지나 기억이 흐릿하지만, 주최 측에서도 이번 행사를 준비하면서 가장 고민스러웠던 부분이 접근성이었다는 이야기를 들었다. 장애 예술인을 위해 마련한 행사였으니 주최 측에서도 내심 기다렸나 보다. 단 한 회차밖에 참여하지 않아

다른 회차에는 어땠는지 잘 모른다. 그러나 여러 문제로 장애 당사자의 참여는 저조했으리라는 예상이 들었다.

그래도 기다려 보련다. 언젠가 중증 장애인도 맘 편히 외부 활동을 할 수 있는 날이 와서 주최자로 발언할 날이 오기를.

(당신도 증명 가능한가요?)

나답게
인간답게,

"저는 지체장애인 5급으로 힘겹게 살고 있습니다.

제가 살아가기 위해서는 활동보조 서비스가

꼭 필요합니다. 그리고 앞으로는 취직을 해서

돈도 벌고 싶은데 그러기 위해서는 장애인

콜택시도 꼭 필요합니다. 부디 자립해서 인간답게

살 수 있도록…"

영화 〈복지식당〉 중에서

우연히 SNS에서 장애인 활동 지원 서비스 재심을 받은 한 발달장애인 아버지가 복잡한 심경을 쓴 글을 읽었다. 내용은 대략 이렇다. 재심 담당자가 아들에게 몇 가지를 물어보더니, 원하는 답을 듣지 못하자 이내 포기하고 보호자인 자신에게 아들이 여전히 혼자 밥을 먹고, 옷을 입을 수 있는지 묻더란다. 그는 아들의 상태를 상세히 말하다가, 그런 게 다 무슨 소용이냐며 버럭 화를 내고 말았단다. 후천적 사유도 아닌데 이런 절차가 무슨 의미가 있나 싶은 형식뿐인 재심이었다. 아들은 93시간 지원받던 월 활동 지원 시간에서 72시간이 차감된 21시간을 지원 받게 되었다. 어떤 이유로 이렇게 차이가 나는 건지 잘 모르겠다고 그는 덧붙였다. 활동 지원 서비스를 받지 않는 내겐 생소한 이야기다. 그러나 묻고 싶은 건 있다. 누구를, 무엇을 위한 장애인등급제 폐지였냐고.

2019년 7월 장애인등급제를 폐지하면서 정부는 일괄적으로 등급에 의존했던 종전과 달리 종합적 욕구조사를 실시해 개인의 욕구 및 환경에 맞는 맞춤형 서비스를 지

(당신도 증명 가능한가요?)

원하겠다고 약속했다. 그러나 등급제 폐지가 내게 가져온 변화는 복지카드에 적힌 문구가 숫자에서 한글로 변경된 것 외엔 아무것도 없다. 중증과 경증이란 명칭 변경으로 장애 당사자가 실생활에서 겪는 불편이 개선되었느냐 하면 그런 것 같지 않다. 정말로 수요자 중심의 서비스를 제공하려면 장애인복지제도의 전반적인 수정과 예산 증액이 필요한데, 등급제 폐지 논의에서 이 부분은 충분히 이야기되지 못했기 때문이다.

영화 〈복지식당〉은 바로 이런 부분을 되짚는다. 사고로 장애인이 된 재기는 장애 판정을 위한 신체 능력 측정에서 간호사가 움직여 보라는 대로 최대한 일어서고, 팔도 조금이나마 더 자유로워 보이려고 애쓴다. 이런 애씀은 훈련한다면 비장애인과 엇비슷한 능력을 갖출 수 있다는 증명이었다. 그는 자신의 능력치를 잘 증명하면 적절한 도움을 받으며 사회 구성원으로 살아갈 수 있을 거라고 믿었고, 그러기를 희망했다. 그러나 현실은 그를 배반했다. 재기의 간절한 바람과는 달리 이 증명을 통해 그는 경증 장애인에 해당하는 장애 5급으로 분류된다. 이는 사실상 그를 대부분의 복지 혜택에서 배제해 버리겠다는 의미다. 휠체어를 타는 그에겐 이동을 위한 장애인 콜택시가 필요했으며, 활동을 도와줄 활동 지원사가 필요했고 무엇보다 일자리를 얻는 게 시급했다. 그러나 이 모두는 중증 장애인만 받을 수 있는 혜택이었다.

자기 능력치를 최선을 다해 증명한 결과로 왜 그는 한없이 무력해져야 하는 걸까? 재기는 5급 지체장애인으로 등록되어 있지만, 실상 그는 중증 장애인에 속한다. 그는 걷지도, 물건을 제대로 들 수도 없다는 이유로 장애인 근로자 채용 면접에서 떨어진다. 면접장에서 뒤돌아서 나오던 그는 참지 못하고 한마디 내뱉는다.

"제대로 걷고 물건도 들 수 있으면 그게 장애인인가요? 비장애인이지."

극히 일부인 중증 장애인을 제외하면 장애인 활동 지원 서비스를 받는 사람들을 위한 복지는 그리 넉넉하지 않다. 장애인 활동 지원 서비스를 받는 사람들도 마음이 편치않다. 장애인 활동 지원은 3년간 수급 자격 유효기간이 적용되어 기존 수급자도 유효기간이 만료되면 재판정을 받아야 하기 때문이다. 종합조사에서 낮은 점수를 받으면 당사자의 어려운 상황과 관계없이 서비스 시간이 현저히 줄어들거나 아예 서비스를 받지 못하기도 한다. 종합조사 역시 장애 당사자의 장애 유형이나 당사자가 처한 상황이나 환경과는 무관한 경우가 많다.

이마저도 중증 장애인에게나 해당하는 이야기다. 재기처럼 경증에 해당하는 5급을 받으면 지원받을 수 있는 복지 서비스가 거의 없다. 대부분이 이를 알기에 지금 나에게 적합한 장애 판정이 아니라 어떤 일이 생겼을 때 복지 서비스를 신청할 수 있는 정도의 장애 판정을 받기를 원한다. 세상은 장애인을 어떻게 도와주어야 한 명의 사회 구성원이 될 수 있는지에 대해서는 관심이 없다. 그보다 그의 장애가 얼마나 심각하기에 복지 서비스가 필요한지에만 관심 있다.

영화에서 겉모습만 보고 재기를 중증 장애인으로 오해한 단체에서 재기에게 필요한 서비스를 지원하려다 말고 갑자기 철회하는 장면이 있다. 재기의 복지카드 속 장애 등급이 5급이어서다. 주려 했던 물품과 서비스를 철회해야 하는 난처함과 민망함은 곧 냉담함으로 바뀐다.

"왜 5급이라고 말을 안 해서 사람 헷갈리게 해요?"

너무나 필요하지만, 그는 받을 수 없는 물품과 서비스였다. 우리 사회는 장애인에게 능력치가 아닌 장애의 심각성을 증명해 내야만 도와주겠다는 조건을 내민다. 이 이상한 조건에 완벽히 맞으면 그는 원하는 만큼 활동지원사의 도움을 받고, 일자리를 구할 수 있을까? 또 다른 현실의 벽과 마주하지 않을까?

"부디 자립해서 인간답게 살 수 있도록…"

그의 마지막 대사가 귓가를 맴돈다. 이 한 문장에 담긴 간절함을 아는 이는 얼마나 될까?

(당신도 증명 가능한가요?)

다른 기준이 필요해

현대에 학교와 직장에서 설정된 속도는 건강한

사람이 이상적인 속도와 효율성으로 성취하는

생산성을 전제로 한다.

〈다른 몸들을 위한 디자인〉, 사라 헨드렌,

조은영 역, 김영사(2023)

다른 사람들의 눈에는 내 장애가 불편해 보일지도 모르겠지만 사실 나는 오래 불편을 몰랐다. 그래서 비장애인의 생활방식에 나를 꿰맞추려 애써 왔다는 사실도 인지하지 못했다. 다른 선택지가 없어 당연히 그래야 한다고 믿었다. 내게는 아주 불가능한 일도 아니었다. 어려움이 없지는 않았으나 대체로 노력하면 할 수 있는 일이 대부분이어서 다른 방식이 필요하다는 생각을 해 본 적이 없다. 그보단 어떻게 해서든 해내려고 마음만 늘 성급했다. 내게는 물리적인 환경보다 언제나 시간이 문제였다. 내가 할 수 있는 일이어도, 그것을 빨리할 수는 없었다. 다른 이들의 속도에 맞추어야 하는 부분은 늘 내게 난관이었다.

두 발로 걸으니 벽이나 난간을 잡고 계단을 오르내리고, 어디든 간다. 조금 불편하긴 하지만 양손을 사용해 자판을 두드리고 일상적인 사물을 사용하는 데도 큰 문제가 없다. 그러나 시간이 한정적인 모든 상황에서 생기는 불이익이나 불편은 늘 내 몫이었다. 그저 내겐 그것을 온전히 익혀서 능숙해질 시간이 조금만 더 주어지면 얼마든지 제대로 해낼 자신이 있음에도 말이다.

(당신도 증명 가능한가요?)

학생 때는 필기가 문제였다. 여전히 뭔가를 쓰는 속도가 상당히 느리지만 지금은 시간에 쫓기는 일이 많지 않다. 하지만 학생 때는 매번 시간에 쫓겨 짝꿍 노트를 빌려 베끼는 일이 빈번했고, 시험 시간에도 시간이 늘 모자랐다. 읽고 쓰는 속도가 조금만 빠르다면 얼마나 좋을까. 그렇게만 된다면 어떤 일에서든 내 장애를 의식하지 않고 살아갈 수 있지 않을까 상상했다. 오산이었다.

사라 헨드렌의 책 〈다른 몸들을 위한 디자인〉을 읽고 지금껏 비장애인의 삶에 맞추려 안간힘 썼던 시간들을 되돌아 보았다. 이 책은 보다 더 본질적인 질문을 던진다. '누구를 위해 지어진 세계인가?'

책을 읽기 전에는 생각해 보지 못한 물음이다. 나는 언제나 주어진 상황에서 최선을 다해 보고 안 되면 포기하면 된다고 생각했다. 이는 내가 대부분의 것을 할 수 있다는 전제로 정한 사적인 지론이었다.

그러나 세상은 장애인의 할 수 있음보다 할 수 없음에 더 주목한다. 보행이 불편해 오래 걷거나 장시간 서 있을 수 없음, 팔 하나가 없으므로 혼자 육아를 할 수 없음, 시각장애인이므로 영화나 시각적 즐거움을 누리는 공연은 즐길 수 없음 등 장애인이라고 하면 대체로 그가 놓인 상황에서 할 수 있는 것보다, '뭐 때문에 이러저러한 부분은 할 수 없겠네요'라는 말을 먼저 한다. 그 말을 들으면 맥이 풀린다. 나는 못하는 것보다 할 수 있는 것이 더 많은데, 어째서 문제를 없애거나 그와 관련된 불편을 해결해 볼 여지는 염두에 두지 않는 걸까?

단기적 부상과 장기적 질병, 스스로에 대한 인식(그리고 우리에 대한 다른 사람들의 인식)과 이동 능력의 변화, 감정적 구성에 일어나는 만성적 오작동 같은 것들이 당장 내 삶에서는 현실이 아닐지라도, 언젠가 내 몸에서 또는 나와 친밀하게 삶을 공유하는 사람의 몸에서 어떤 형태로든 일어날 수 있다. 장애는 그 어떤 것과도 다른 방식으로 우리를 한데 모은다. 왜냐하면 장애란 개인적이든 정치적이든 인간의 필요성*needfulness* 이상도 이하도 아니기 때문이다.

(당신도 증명 가능한가요?)

〈다른 몸들을 위한 디자인〉, 사라 헨드렌,
조은영 역, 김영사(2023)

내가 장애인이라 당연히 요리를 못 할 것이라고 생각
하는 사람이 많지만, 나는 요리를 즐겨 한다. 재료 손질에
시간이 꽤 걸리고, 특히 칼 같은 예리한 물건을 자유로이
사용하기 어렵다는 불편도 있다. 칼날은 시시때때로 부자
유스러운 내 손을 의식하게 한다. 껍질을 깎는 일 앞에선
더 그렇다. 한 손에 사과를 쥐고 다른 한 손으론 칼을 잡고
천천히 돌려가며 깎아야 하는데 양손이 온전히 자유롭지
못한 내겐 불가능하다. 그러나 요즘엔 과일이나 채소를 고
정 시켜두면 껍질을 깎아 주는 기계가 있어 할 수 없는 것
이 하나 줄었다. 약간의 시간과 보조 도구만 있어도 내가
할 수 있는 것은 훨씬 더 많아진다.

　장애가 있는 사람만 보조적인 도움이 필요한 것이 아
니다. 한 인간이 살아가는 동안 다른 사람이나 보조적인
사물의 도움 없이 온전히 내 힘만으로 살아 낼 수 있는
기간은 거의 없다. 우리 모두는 나를 둘러싼 주변 사물,

그리고 사람들과의 유기적인 관계 속에서 일상을 유지한다. 책을 읽으려 집어 든 안경부터, 높은 층을 오르내릴 수 있도록 하는 엘리베이터, 길을 안전하게 건널 수 있게 하는 신호등까지, 우리가 일상적으로 사용하는 물건이나 시설 모두가 어떤 도움의 형태다. 문제는 주변에서 흔히 마주치는 사물이나 시설, 공간이 다 신체 건강한 사람을 기준으로 만들어졌다는 점이다.

사라 헨드렌도 다운증후군인 아들이 태어나기 이전까지 이 사회가 누군가에겐 살아가기 부적합하게 설계되었다는 사실을 알지 못했다고 고백한다. 그러나 아이를 데리고 '아동발달센터'로 개조된 체육 시설에 드나들면서 생각이 점차 바뀐다. 이곳에는 모든 장난감이 거부할 수 없을 정도로 알록달록하고 재미있어 보이면서도 아이가 점점 큰 도전을 하도록 유도하게끔 만들어져 있었다. 이곳에서 사라 헨드렌은 세상이 정상 범위에서 한참 벗어난 몸을 위해 설계되어 있지 않음을 깨닫는다. 이후 작가는 자신의 아이 몸만이 아닌 세상과 불화하는 모든 종

(당신도 증명 가능한가요?)

류의 몸과 세상과의 관계를 탐구한다. 가령 신호등이 그렇다. 우리나라 신호등은 길을 건너기엔 시간이 짧은 편이다. 나는 대체로 건널목이 짧은 거리는 신호가 짧아도 무난히 건넌다. 하지만 건널목이 길고 신호는 짧은 도로에선 최대한 빨리 걷거나 달린다. 그래도 길 건너편에 온전히 닿지 못한다. 빨간불로 바뀌고 2~3초가 지난 후에야 닿을 때가 많다. 대체로 신호 대기 중인 운전자가 이해해 주어 건널목을 무사히 건널 때가 많지만, 만일 신호가 바뀌자마자 냅다 달리는 운전자가 있다면 꽤 위험한 상황에 놓일 수밖에 없다. 보행 장애가 있는 나만의 문제일까? 노인들은 대체로 걸음이 느려 신호가 바뀌더라도 한참을 더 건너야 건너편에 닿는다. 다리를 다쳐 목발을 짚는 사람도 마찬가지다. 애초에 보행 신호 시간을 보통 성인의 걸음 속도 말고 어르신들의 속도에 맞춰야 한다고 생각한다.

내 아들에게 부드럽고 평온한 형태의 '포용'은 필요하지 않다. 물론 포용도 필요하지만 그것으로는 절대로 충분하지 않다. 그에게는 인격과 기여, 공동체에 대한 확고한 이해를 가진 세상이 필요하다. 시장 논리와 그 완고한 시계 바깥에서 살아 있고 작동하는 인간의 가치가 필요하다. 그레이엄에게는 그런 세상이 필요하고, 그건 우리들에게도 마찬가지다.

〈다른 몸들을 위한 디자인〉, 사라 헨드렌,
조은영 역, 김영사(2023)

세상에는 '보통'이라는 특정 기준이 있고 사람들은 그에 맞춰 도시를 건설한다. 그러나 '보통'의 순간은 짧고, 그 보통의 순간에도 누군가는 도움이 필요하다. 예전엔 보행이 어렵거나 휠체어를 타는 이들에게만 유용할 줄 알았던 경사로가 이젠 모두에게 쓸모 있고, 없으면 불편한 구조물이 되었다. 누구에게나 쓸모와 필요가 각기 다르듯, 사람이 사는 방식도 각기 다르다. 각기 다른 삶을 보통이라는 틀로 묶는 건 바람직하지 않다. 보통의 기준을 지우고 그 자리에 불편을 기준으로 내세우면 모두가 각자의 방식대로 삶을 꾸려도 괜찮은 그런 세계로 재편될 수 있지 않을까?

(당신도 증명 가능한가요?)

빗
진
마
음

"너희가 버스를 못 타는 게 너희 잘못은 아니야."

〈실격당한 자들의 위한 변론〉, 김원영,

사계절(2018)

스무 살 무렵 처음 혼자서 버스를 탔다. 이전에도 이따금 버스를 타긴 했으나 그때마다 엄마나 친구와 함께 탔지, 혼자서 버스를 탄 적은 없다. 버스가 난폭운전을 일삼던 시절이기도 했고, 나 역시 혼자 버스를 타고 내릴 수 있을 만큼 다리 힘이 좋거나 균형 감각이 좋지 않았다. 내가 다니던 고등학교는 집과 거리가 있는 편이었는데, 부모님이 늘 학교에 데려다주고 마칠 때쯤 다시 데리러 오곤 하셨다. 하지만 언제까지나 부모님께 내 이동을 도와 달라고 할 순 없었다. 부모님 역시 내가 가능한 만큼 독립적으로 살아가기를 바라셨다. 그러기 위해선 내가 원할 때 어디로든 내 마음대로 이동할 수 있어야 했다. 더 정확히 버스나 지하철을 안정적으로 혼자 타고 내릴 수 있어야 했다.

돌이켜 생각하면 이동은 이십 대 초반의 나에게 가장 큰 숙제였다. 지금이야 버스나 지하철을 별생각 없이 타고 내리지만 그땐 참 어려웠다. 흔들림이 별로 없는 지하철은 그나마 괜찮았지만 문제는 버스였다. 걸음이 불안정하고 균형 감각이 없는 내게 흔들리는 버스는 위태로운 이동 수단이었다. 그래도 부딪혀 보는 것 외에 다른 방법

당신도 증명 가능한가요?

이 없었다. 엄마와도 스무 살부터는 부모님 도움 없이 어디든 나 혼자 이동하기로 약속을 했다.

그래서 스물을 코앞에 둔 어느 여름, 다리 힘을 기르려 집 근처 인근 초등학교 운동장을 돌고 또 돌았다. 그리고 일반 버스보단 조금 덜 덜컹거리고 비교적 좌석 여유가 있는 마을버스를 타는 것부터 시작했다. 고등학교 졸업 무렵에는 하굣길에 혼자 다소 혼잡한 버스를 타고 집에 돌아오곤 했다. 나쁘지 않았다. 다행히 내가 버스를 타는 시간대는 그리 혼잡한 시간이 아니었고, 좌석 여유도 있었다. 이따금 기사님의 양해를 구해 앞문으로 내리기도 했다. 때때로 눈치가 보였으나 내리기 위해 서 있는 사람 사이를 헤집고 뒷문으로 가려다 넘어지는 것보다 그편이 더 나은 선택이었다.

그땐 버스를 탈 일이 많아질 걸 몰랐다. 캠퍼스가 산비탈에 있는 대학에 가기 전까진 말이다. 나는 순환 버스를 타야 교정에 다다르는 대학을 졸업했다. 그래서 날마다 버스를 탔다. 선택사항이 아니었기에 어쩔 수 없이 4년간 순환 버스를 타면서 자연히 균형 감각과 다리 힘이 생겼다. 교내 순환 버스였기에 난폭운전을 하는 기사님도 없었고, 때론 불편한 걸음으로 내가 버스에 오르는 것을 보곤 앞좌석 학생에게 자리를 양보해 달라는 말을 건네 주는 기사님도 계셨다.

오후 수업인 날은 버스가 대체로 널널했지만, 오전 수업 등굣길은 그야말로 전쟁이었다. 버스도 배차 간격이 있었고 학생도 끊임없이 버스에 올라 자리를 양보 받을 틈이 없었다. 초반엔 버스 정류장이 학교 밑에만 있는 줄 알고 그쪽에서만 버스를 탔는데, 조금 돌아가긴 하지만 다소 여유 있는 버스 정류장도 있었다. 그래서 이후엔 그쪽에서 버스를 타고 캠퍼스까지 이동하곤 했다. 그렇게 늘 순환 버스를 타다 보니 시내버스를 타는 일에도 요령이 생겼다. '잠시만요'라고 기사님에게 가벼운 양해를 구하면 웬만해선 나의 사정을 이해해 주신다는 걸 알게 되었다.

버스를 타고 다니면서 알게 된 것은 우리나라 대중교통에서는 장애인을 보기 쉽지 않다는 사실이다. 지하철은 그나마 낫다. 엘리베이터가 설치되어 있으면 휠체어를 사용하는 사람도 이용할 수 있으니까. 하지만 버스에서는 신체가 불편한 장애인을 마주치기가 쉽지 않다. 목발만 짚어도 버스를 쉬이 타고 내릴 수 없다. 저상버스도 다르지 않다. 고백건대 예전에는 저상버스를 잘 타지 않았다. 내겐 일반 버스보다 저상버스가 더 불편했다. 물론 타고 내리기에는 저상버스가 편하지만, 좌석이 불편했다. 버스를 타면 될 수 있으면 앞쪽에 앉는 편인데, 저상버스는 앞 좌석 의자가 높아서 아무나 앉을 수가 없고, 일반 버스와 비교해 좌석 수도 적다. 휠체어 사용자를 위한 배려 차원이라지만, 실제로 저상버스를 이용하는 휠체어 사용자는 본 적이 없다. 그러기엔 버스 출입구도 내부도 다소 협소하지 않나 싶다.

나는 교통약자에 속하지만 두 발을 이용해 버스나 지하철을 탈 수 있다는 점에서 사정이 낫다. 국내 교통시설이나 거리는 교통약자들에게 썩 좋지 않다. 한 번이라도 발목을 접질렸거나 부러져 깁스를 해 본 사람이라면 경험해 본 적이 있을 것이다. 길가에 얼마나 많은 턱이 존재하는지. 늘 걷던 골목조차 걸어가기 힘들고, 버스를 타면 넘어지지 않으려 안전바를 생명줄처럼 잡고, 빈자리를 먼저 찾는다.

최근엔 많이 변했지만 예전에 버스는 나와는 달리 걸음걸이가 온전한 사람들에게조차 위험천만한 부분이 많았다. 승객이 자리에 앉기도 전에 출발하거나, 앞에 다른 버스가 정류장에 먼저 멈춰 섰다는 이유로 길가에 버스를 세워 승객을 위험에 노출했다. 만원버스의 위험성은 두말할 것도 없다. 정말로 배곡히 들어찬 만원버스에서는 손잡이나 안전바를 잡을 수도 없다. 사람과 사람 사이에 끼인 채로 간다.

지하철 이용에도 불편은 있다. 혼잡한 시간대의 지하철에선 사람에게 떠밀려 이따금 내려야 하는 역을 지나치는 일도 생긴다. 유모차나 휠체어를 이용해 탑승할 때는 지하철과 역사 사이 그 텅 빈 간격에 행여 바퀴가 끼지는 않을지 매번 노심초사 마음 졸여야 한다.

전국장애인차별철폐연대(이하 전장연)의 출근길 시위

(당신도 증명 가능한가요?)

가 한동안 도마 위에 올랐다. 바쁜 출근길에 죄 없는 시민들의 발목을 붙잡아 민폐를 끼친다는 이유에서다. 민폐라는 표현에 형언할 수 없는 울컥함이 밀려왔다. 나처럼 걸음이 느리고 불안정한 사람이 버스를 탈 때면 매번 기사나 승객들의 눈치부터 보게 된다. 흔들리는 버스에서 넘어지는 것만큼이나 두려운 것이 사람들의 시선이다. 그 잠시 잠깐의 기다림이 민폐로 느껴질까 봐서다.

2001년 서울 지하철 4호선 오이도 역에서 장애인용 리프트가 추락해 탑승해 있던 장애인이 사망하는 사건이 발생하면서 장애인 이동권 투쟁이 시작되었다. 이 투쟁으로 지하철공사에 이동 편의를 돕는 엘리베이터 등의 설비 설치를 의무화하라고 주장할 수 있었다. 온 인생과 목숨을 걸고 하는 이동권 투쟁이 비장애인에게는 번거로운 민폐로 다가온다는 사실에서 이 사회가 교통약자의 이동권에 대해 얼마나 무관심한지 다시금 절감한다.

내가 대중교통을 능숙히 타려 노력하는 동안 그들은 마음대로 이동할 수 있는 권리를 외쳤다. 이들의 투쟁 덕분에 내 이동권에도 안전바가 하나둘씩 생기고 있음을 부인할 수 없다. 투쟁의 역사가 없었다면, 교통법이 개정되었을까? 내가 버스에 올라 자리에 앉을 때까지 기사님이 기다려 주었을까? 이들의 절박한 외침이 없었다면, 아마 근래에 지어진 역사가 아니고선 엘리베이터가 설치된 지하철역은 몇 군데 없었을 것이다. 하지만 지금은 대부분의 지하철에 엘리베이터가 설치되어 있고 휠체어 이용자나 노약자만이 아니라 비장애인도 엘리베이터를 많이 이용한다. 이들의 투쟁으로 저상버스가 도입되고, 지하철역이나 건물에 엘리베이터 설치가 의무화되고 곳곳에 경사로가 만들어졌다. 나를 포함한 다수가 이동권 투쟁에 빚진 거다. 그러나 정작 이동권 투쟁 당사자들은 여전히 비난을 받고 무수한 난관에 부딪힌다.

왜 하필 출근길 지하철이냐고 묻는 질문에 전장연 박경석 대표는 "왜 출근길 지하철은 안 되는 건가요?"라고 되물으며 이렇게 말했다.

그렇게 당신들 일상이 소중하다면서, 이 사회를 함께 살고 있는 어떤 사람들이 그 일상을 전혀 누리지 못하고

당신도 증명 가능한가요?

있는 거는 왜 전혀 문제가 되지 않을까요? 나는 1분이라도 막으면 시민들한테 그렇게나 미안해하는데, 왜 장애인들 그렇게 사는 거에 대해서 미안해하는 사람은 이렇게나 없는 건가.

〈출근길 지하철〉, 박경석·정창조, 위즈덤하우스(2024)

장애인이 눈에 잘 보이지 않으니 그러는 걸까? 그러나 이동권은 장애인만의 문제가 아니다. 지금 우리나라는 이미 고령화 사회로 접어들었고 노인의 휠체어 사용도 늘고 있다. 전체 장애인 인구 중 80%가 질병이나 사고로 장애를 지니게 된 중도 장애인이라는 점도 간과할 수 없다. 꼭 지금 장애인이나 노인이 아니더라도 누구나 언젠가는 교통약자가 되기 마련이다. 그때 사람들은 전장연의 투쟁으로 성취한 결과들에 자신들이 빚졌다는 사실을 뒤늦게 깨달을지도 모르겠다.

안녕을 고할 수 있을까

"나를 향한 차별에는 분노하지만

나와 무관한 소수자를 향한 차별에는 무관심한

상대적 차별 감수성, 평등을 위한 노력은

상대를 위한 것만이 아니다."

지식채널 e 〈모두의 차별〉 중에서

(당신도 증명 가능한가요?)

학창시절을 떠올리면, 늘 나 혼자 바빴다. 발음도 불분명하고 걸음걸이도 시원찮고, 손도 다소 불편해서 매번 한두 박자씩 늦었으니 모든 일에 시간이 걸렸다. 남들과 같을 수 없는 건 당연했으나 그 절반이라도 해야 학교 수업을 차질 없이 따라갈 수 있었다. 내가 학교 다닐 때는 장애 학생을 위한 제도도 없었고 프린트물이 보편적이지도 않았다. 지금은 프린트물마저 옛말이지만 그땐 정말 필기해야 하는 일이 많았다. 늘 친구 노트를 빌려 필기하고 과제 하느라 눈코 뜰 새가 없었다. 늦게까지 책상 앞에 앉아 있었지만 공부하는 데 쓴 시간보단 뭔가를 보고 받아 적느라 더 많은 시간을 소비했다. 그래도 매번 무엇이든 내 능력이 닿는 한도까지는 해내곤 했다.

그땐 그래야 하는 줄 알았다. 원래 느렸으므로 더 노력해 조금씩 빨라지면 된다고 생각했다. 그래도 어려운 건 어쩔 수 없다고 생각했다. 어른이 되어서도 그랬다. 느린 대로, 못하면 못하는 대로 하면 되는 줄 알았다. 그래서 한 번도 차별이란 말을 의식조차 하지 못했다.

이십 대 후반에 지인의 소개로 지역 잡지사 인터뷰 내

용을 정리해서 기사로 작성하는 일을 잠시 한 적이 있다.
민주화 운동과 관련된 잡지사라 주된 인터뷰 대상자는
투쟁하는 사람이었다. 나는 인터뷰어는 아니었지만 해당
인터뷰를 한 편의 글로 써야 해서 늘 취재를 따라나섰다.
그 일을 시작할 때 첫 인터뷰 대상자가 '장애인차별금지'
법 제정 운동에 뛰어들어 법제화에 공헌한 변경택 대표
였다. 나처럼 뇌병변 장애인이었고 휠체어 이용자인 그는,
지금 생각하면 장애를 개인의 어려움으로만 여기던 내게
사회적 책임에 대해 처음 일러준 인물이다.

　인터뷰 당시 부산 지역 뇌병변장애인인권협회 회장이
었던 그는 원래 늦깎이 문학도였다고 한다. 박사 논문을
쓰던 1999년에 사회복지학과 교수가 대뜸 찾아와 장애
인차별금지법을 만들자는 제안을 하면서 그의 인생 향방
이 바뀐다. 그러나 처음에는 선뜻 제안에 응하지 못했다.
법이 만들어질지 확신도 서지 않는 상황이었기 때문이다.
하지만 주변 사람들의 끝없는 설득에 결국 박사 학위를
중도 포기하고, 장애차별금지법을 만드는 일에 뛰어든다.

　그는 법 제정이라는 결과보다 그 과정을 더 중요하게

여겼다. '시간이 더 오래 걸려도 정직하게, 모두의 요구와 바람이 스며들어야 하는 법이어야 한다'라는 게 그의 신념이었다. 장애인차별금지법은 예상보다 빠른 2007년 처음 제정됐다. 그의 신념은 변함없었지만 시기를 놓치면 여러 정황상 법 제정이 어려울 것 같아서 법제화에 동의했다. 인터뷰 때 그는 장애인차별금지법을 두고 이런 말을 했다.

"언젠가는 사회 전반에 스며들어 없어져야 할 법이지만 여전히 개정 중인 법이다."

나는 그를 만나기 전까지 그런 법이 있는지조차 알지 못했다. 장애인차별금지법은 여전히 대중적으로 잘 알려진 법이 아니고 막강한 힘도 없다. 하지만 곳곳에서 영향력을 발휘하고 있다. 인터뷰 때 힘도 없는 장애인차별금지법 제정이 어떤 의미가 있었느냐고 물었을 때 그는 이런 답변을 들려주었다.

그 이전에 내가 받은 것 혹은 내가 하는 것이 차별이란 인식이 번지기 시작했어. 차별이란 인식 자체를 하지 못하던 장애인들이 차별을 알게 되었다는 거지. 그리고 차별 진정 건수도 엄청나게 접수됐어. 장애인이 그들의 권리를 실행하기 시작했어.

'인물탐방- 장애인정책, 통합 아닌 동화를 지향해야'
정영민, 〈성찰과 전망〉 16호, 2014

힘은 없지만 '차별'이란 단어를 널리 퍼뜨린 계기가 된 법이라고 해야 할까. 장애인차별금지법은 교육계에도 변화를 일으켰다. 학교장의 재량이라는 단서가 붙어 있어 일괄 적용이라는 말을 하긴 어렵지만, 지금은 장애 학생에게 1.5배의 시험 시간을 자동으로 부여하도록 하는 관련 법령이 있다. 이 말인즉 시험 때마다 시간에 쫓길 필요가 없고 해당 과목 선생님에게 사정을 설명할 필요 없이 나의 권리를 주장할 수 있다는 얘기다.

중고등학교 때는 사지선다형 문제가 많아 시간이 좀 부족하긴 했어도 주어진 시간 내에 시험을 쳤다. 그런데

서술형으로 답안을 작성해야 하는 대학은 달랐다. 다행히 내가 다닌 학과는 과제로 대체되는 과목도 있었고, 교수님들께 말을 하면 상황을 고려해 주기도 하셨다. 그러나 모두가 너그러이 대해 주진 않았고, 한번은 한 교수님과 실랑이가 벌어졌다. 그는 내게만 특혜를 줄 수 없다고 했다. 당시에는 그게 왜 특혜냐고 따져 물을 수도 없었다.

만일 그때 장애인차별금지법이 있거나 장애 학생을 위한 지원제도가 있었다면 어땠을까? 그랬다면 B4 시험지 양면을 배곡히 채우기를 선호하는 교수님과 다투는 일도, 수업 시간에 필기에 정신이 팔려 정작 내용에는 집중하지 못하는 일도 없이 내게 주어진 여건 안에서 해낼 수 있지 않았을까. 그러나 그땐 그게 문제라는 걸 몰랐고, 내가 감당해야 하는 일인 줄로만 알았다. 장애인차별금지법은 단지 장애를 이유로 차별해서 안 된다는 걸 알려준 법이 아니다. 장애가 있어도 무언가를 해 볼 권리가 있다는 걸 알려준 법이자, 차별이 한 사람의 권리와 연관성이 깊은 단어임을 알려 주었다. 하여 이후 장애인뿐만 아니라 다양한 분야와 계층에서 차별에 관한 여러 담론이 쏟아지는 시발점이 되었다.

　그로부터 십여 년이 훌쩍 지난 지금 우리는 '차별금지법' 제정을 외친다. 포괄적 차별금지법은 장애인차별금지법보다 큰 개념으로 모든 영역에서의 차별을 금하는 법안인데, 몇 년째 발의만 될 뿐 진전이 없다. 성소수자 인권에 대한 종교계 갈등이 여전히 극심하기 때문이다.

　우리 사회는 어쩌면 저마다의 기준 아래 다르게 차별을 이해하고 있는 것이 아닐까. 그것 역시 또 다른 차별인지도 모른 채. 차별금지법은 무엇이 차별이냐 아니냐를 따지고 파고드는 법이 아니다. 한 사람이 그저 사람이라는 이유만으로 존중받고 자신에게 주어진 권리를 제대로 행사할 수 있도록 안전바를 만드는 방식에 가깝다.

　장애인차별금지법이 언젠가 없어져야 할 법이라는 변경택 대표의 말이 자꾸 떠오른다. 언제쯤 우리는 모든 차별에 안녕을 고할 수 있을까.

(당신도 증명 가능한가요?)

해방을 꿈꾸다

나는 다시 한 번 나 자신을 증명하고 싶었다.

나는 나의 뇌병변을 극복하고 싶었다.

〈망명과 자긍심〉, 일라이 클레어, 전혜은·제이 역,

현실문화(2020)

늘 장애로부터 달아나고 싶었다. 도망치거나 모르는 척 시치미 뚝 떼면 나와 무관한 것이 될 수 있을 줄 알았다. 착각이었다. 내가 나인 이상 장애는 나의 어떤 것이다. 내 정체성의 일부다.

일라이 클레어의 책 〈망명과 자긍심〉을 읽기 전까지는 정체성과 장애를 연결해 생각하지 못했다. 장애를 나와 떼려야 뗄 수 없는 불가분의 관계임은 인정해도, 정체성으로까지 여기고 싶진 않았다. 일라이 클레어는 달랐다. 이야기는 험난한 산을 오르고 싶었으나 사회 구조적 모순과 신체적 한계로 인해 정상에 오르지 못한 경험으로 시작한다.

> 망할 놈의 학교 규칙이 내게 시간을 더 주지 않아서 시험에서 실패한 것과, 애덤스산이 내 발엔 너무 가파르고 미끄러웠기 때문에 정상에 오르기를 실패한 것 사이의 차이는 알고 있다. 첫 번째 실패는 사회적으로 구조화된 한계에, 두 번째 실패는 신체적인 한계에 중심이 놓인다.
>
> 〈망명과 자긍심〉, 일라이 클레어, 전혜은·제이 역,
> 현실문화(2020)

(당신도 증명 가능한가요?)

나도 그런 경험이 있다. 그땐 몰랐으나 단순한 실패는 아니었다. 누구든 시험에 낙제할 수 있고, 산을 오르다 중반에 하산할 수 있다. 그렇지만 장애가 있는 나는 내 의지와 상관없이 중도 포기하거나 멈춰야 하는 순간이 있다.

앞에서도 얘기했지만, 수능이나 국가고시 같은 시험에서 장애인 응시자에겐 의무적으로 1.5배의 시간을 주도록 규정되어 있지만, 일반 중고등학교에서는 학교장의 재량이라서 일괄 적용을 하지 않는다. 중고등학교 때 그런 규정이 있었거나 단 10분 만이라도 추가 시간이 주어졌다면 나는 시험을 좀 더 잘 볼 수도 있었다. 하지만 내겐 그런 행운이 따르지 않아 시험 기간마다 늘 마음이 바빴고, 제대로 몰입할 수 없어 시험을 망치는 일이 많았다. 이 실패엔 장애라는 손상과 내 개인적인 욕망이 동시에 존재한다. 손상과 욕망은 별개이지만 여기에 장애를 가미해도 다른 문제일까?

물론 불굴의 의지로 도전하고 성취하는 사람들도 있다. 이따금 뉴스에 등장하는 슈퍼장애인들이 그렇다. 자신의 신체적 한계를 극복하고 사회적 성취를 이뤄낸 대단한 사람으로 추앙과 조명을 한몸에 받는다. 그걸 바라보는 내 마음은 복잡하다. 장애 당사자들에게도 슈퍼장애인은 영웅처럼 비치고 희망이 된다. 하지만 동시에 개개인의 장애를 극복하지 못하는 스스로가 쓸모없는 사람으로 여겨져 자기혐오와 좌절로 이어지기도 한다. 나는 "장애인에게는 슈퍼장애인 아니면 비극의 역할만 주어진다"라는 일라리 클레어의 말에 너무도 공감한다.

애초에 장애를 '극복'해야 하는 것으로 인식하는 사회 전반의 분위기가 있다. 장애인으로 살고 있으면서도 사회가 요구하는 '완전함'에 얽매여 자신의 신체적 한계를 있는 그대로 인정하기보다는 벗어나야 할 무엇으로 여긴다는 데 문제가 있다.

나 역시 그랬다. 다수가 누리는 평범함을 기준으로 삼는 것이 당연하다 여겼고, 그 속에 들어가려 안달복달했다. 사회가 제시한 기준에 부합해야만 누릴 수 있는 평범함. 그런 이상한 평범함을 누리겠다고 애를 태우며 장애에서 달아나는 일에 골몰했으나 결국 실패했다. 당연한 실패였다. 장애는 나와 분리될 수 있는 것이 아니므로 그 저 달아나려 발버둥쳤을 뿐이다.

사회가 제시하는 평범함의 기준에 모두가 부합하기란 불가능하다. 장애가 있건 없건 우리는 모두 다른 사람이다. 특정 잣대만으로 한 사람을 규정지을 수 없으며, 기준을 제시할 수도 없다. 애초에 한 인간에게 고정 불변의 정체성이란 게 존재할까? 일라이 클레어는 뇌병변 장애인이자 친족 성폭력 생존자이고, 젠더퀴어 정체성을 지닌 소수자다. 그는 자기 안에 수많은 소수자성이 교차하며, 사람들은 누구도 하나의 정체성만을 갖고 있지 않음을 지적한다. 다양한 정체성을 지닌 소수자들이 서로 연대하고 협력해야 하는 이유도 여기에 있다. 핀셋으로 한 부분만 집어내 더 좋은 것과 바꾼다고 장애, 젠더, 인종, 계급의 문제가 해결되지 않는다는 것이다.

세상에 '그것'만의 문제는 없다. 모든 문제는 서로 세밀히 얽히고설켜 있다. 우리 모두는 각각 개별적인 존재인 동시에 서로의 삶에 영향을 미친다. 동시대를 살아가며,

민주주의와 자본주의라는 사회 체제 내에서 함께 생활하는 사람이기 때문이다. 그리고 동시에 장애인이나 젠더퀴어 등의 소수자는 자신의 의지와 상관없이 '체제를 벗어난' 사람들이기도 하다. 이들은 모두 사회가 암묵적 기준으로 내세운 평범함에 미치지 못한다. 체제 내에서 안정적으로 사는 사람들은 체제를 벗어난 사람들을 실패자라고 말하지만, 체제 밖에서도 얼마든지 새로운 체제를 만들어 낼 수 있다. 그러려면 사회 구조를 파악하고 또 스스로 누구인가를 먼저 자각해야 한다.

솔직히 장애에 대해서 말하기란 정말 어렵다. 내가 가진 장애에 대한 시선이 비장애인이 바라보는 시선과 크게 다르지 않았다는 사실을 일라인 클레어의 책을 읽고 깨달았다. 나만 생각했기 때문이다. 나와 비슷한 어려움에 놓인 다른 장애인, 소수자들의 삶에 나는 여태껏 별로 관심이 없었다. 다른 의미에서 나는 지금껏 스스로의 정체성을 거부하고 마주하길 외면해 왔는지도 모르겠다.

나는 누구인가. 나는 여성이며, 아시아인이고, 장애인이다. 나는 내 장애로부터 달아나고 싶었지만 실패했다.

지금 나는 글을 쓰는 창작자이자 회사에 다니는 노동자다. 여성, 장애인, 창작자, 노동자. 이 모두가 나의 정체성이지만, 나는 이 모든 것에 대해 확고한 신념을 가지고 말해본 적이 없다.

이제와 어설프게나마 더듬더듬 계속 말하려는 까닭은 장애를 지닌 채 지금 여기를 사는 한 사람으로서 내 경험을 공유하기 위해서다. 첫 책을 내고, 어느 순간 나도 모르게 장애를 내 삶의 일부로 받아들이게 되었다. 내가 무엇을 극복해서가 아니라, 극복하지 않아도 괜찮다는 것을 알면서부터다. 나는 딱히 무엇을 이룬 것도 아니고, 직장에 다니며 글을 쓰는 평범한 사람이다. 어쩌다 보니 여기에 이르렀고, 어느 순간 장애를 내 삶의 일부로 받아들이게 되었다. 이런 나의 경험이 누군가에게 전해지고, 다른 이의 공감과 이해를 받고, 더 나아가 누군가에게 용기와 계기의 발판이 될 수 있다면 어떨까. 그런 감응이 많아진다면 이렇게 말할 수 있지 않을까. 사회에서 한 발짝 떨어져 있더라도, 자긍심을 갖고 체제 밖에서 우리만의 해방을 이루자고.

〈망명과 자긍심〉 띠지엔 그런 문장이 적혀 있다.

"모두가 해방되지 않으면, 아무도 해방될 수 없다."

(당신도 증명 가능한가요?)

'용기'란 두려움을 없애는 것이 아니라,

'어떤 것'이 두려움보다 더 중요하다는

판단이다. 더 중요한 우선순위가 생기면

두려움을 극복할 수 있다.

〈마녀체력〉, 이영미, 남해의봄날(2018)

장애의 유형에 상관없이 장애가 있으면 무슨 일에서든 걱정이 앞선다. 장애 정도에 따라 차이가 있을 뿐이다. 그러지 말아야지 하면서도 어느새 무수한 걱정이 되살아난다. 장애가 나의 잘못은 아니지만 나를 바라보는 그렇지 못한 시선에 문득문득 주눅들 때가 많다. 주눅 드는 순간 나는 관망자가 되고 구경꾼이 되어 비집고 들어설 틈을 잃는다. 조금의 용기만 내면 생길 수 있었던 기회의 순간을 스스로 박탈해 버린다.

첫 책 〈애틋한 사물들〉이 출간되고 얼마 지나지 않아 어느 온라인 카페에 책과 함께 저자 소개글이 게시된 적이 있다. 뇌병변과 언어장애가 있으나 씩씩하게 살고 있다는 살짝 민망하지만 흔하다고 볼 수 있는 소개글에 별다른 댓글이 달리지 않을 줄 알았다. 근데 '자신은 어눌한 말투에 청각도 좋은 편이 아니라 대화에 끼지 못하고 소심하게 지내는데, 작가가 부럽다'라는 댓글이 달렸다. 순간 마음이 복잡했다.

나도 낯선 장소나 처음 만나는 사람 앞에선 먼저 말하기보단 분위기를 파악하는 데 많은 시간을 보낸다. 하지

(당신도 증명 가능한가요?)

만 내 장애 때문에 주춤거리진 않는다. 일단 부딪혀 보고 이후 일은 나중에 생각하는 편이다. 부딪혀 보지 않으면 아무런 시작도 할 수 없음을 알기 때문이다. 상대가 장애를 이유로 거절할 걸 지레 겁먹고 아무 시도도 하지 않으면 정말 아무것도 할 수 없다. 장애는 내 신체적 조건이므로 그 조건으로 할 수 있는 일들을 찾아 천천히 해 나가면 된다.

고등학교에 진학할 무렵 처음으로 장애가 있다는 이유로 거절당한 일이 있다. 다소 성적이 낮아 고민하며 집에서 가까운 상업 고등학교에 진학 문의를 했었다. 그런데 상상해 본 적이 없는 답이 돌아왔다. 자신들의 학교는 특성상 컴퓨터를 다루는 일이 많다며 손 움직임이 불편한 학생을 입학시킬 수는 없다는 말이었다. 담임 선생님도, 부모님도, 나도 납득할 수 없는 답변이었다. 한 번쯤 찾아가 면담을 요청해 볼 만도 했는데 아쉽게도 그러지 못했다.

절망하진 않았다. 잠시 상처받긴 했으나 나를 본 적이 없으니 그럴 수 있다고 생각했다. 만일 한 번쯤 나를 만나

느려도 어느 정도까지 활동이 가능하다는 걸 눈으로 보았다면 단번에 거절 의사를 밝히지 않았을 수도 있다. 물론 보았더라도 거절할 여지는 얼마든지 있겠지만, 같은 이유로 거부 의사를 밝히더라도 그 차이는 크다. 무엇보다 내가 도전해 본다는 것, 할 수 있는 만큼은 해 본다는 것이 내게는 중요했다. 수많은 거절을 당했지만, 시도해 보았다는 그 자체로 나는 매번 절망하거나 좌절하지 않을 수 있었다. 다행히 내 곁엔 좋은 사람이 늘 있었고 작은 도움만 있다면 다른 사람과 생활하는 데 별다른 어려움이 없었기에 장애를 크게 신경 쓰지 않고 어떤 일에든 도전했다.

내가 무사히 고등학교에 진학할 수 있었던 것도 담임 선생님 덕분이었다. 한 번의 거절 이후 담임 선생님은 내가 갈 만한 학교를 수소문해 주셨다. 몇몇 학교에 전화해 입학 담당 교사에게 입학 가능 여부를 확인한 후 내가 진학 가능한 상업 고등학교가 있다고 알려 주었다.

졸업 이후에도 나를 지지하거나 응원해 주는 사람을 많이 만났다. 중학교 동기지만 같은 반이었던 적이 없어

얼굴만 알고 지내던 P는 대학 때 같은 학과 동기로 다시 만나 막막할 것만 같았던 대학 생활에 큰 의지가 되었다. P와는 지금도 이따금 서로의 안부를 물으며 지낸다.

내 인생을 좌우한 또 다른 인연은 대학 때 동화 수업을 하시던 교수님의 소개로 만난 김수우 시인이다. 그땐 이 인연이 이렇게 오래 이어지고 다른 만남으로 번지게 될 줄 몰랐다. 김수우 시인은 내가 대학을 졸업하고 얼마 후에 부산 원도심에 인문학 북카페 '백년어서원'을 오픈했다. 대학 졸업과 동시에 할 일 없는 백수 신세가 된 나는 자연스레 백년어서원을 드나들며 각종 모임에 참여하고, 강의도 들으며 많은 사람과 마주쳤다. 일손이 부족할 때 일손을 돕기도 했고, 나이가 비슷한 또래들과 만나 친목을 도모하기도 했다. 그렇게 나는 내가 할 수 있는 방식으로 끊임없이 다른 사람들과 어울렸다. 낯을 가리긴 해도 그곳 사람들 사이에서는 내 장애가 상당히 부수적인 것처럼 느껴졌고, 내가 조금만 더 노력하면 많은 걸 잘하지는 못하더라도 해 볼 수는 있다는 믿음이 생겼다.

나를 믿어주는 가족, 사람들 덕분에 나는 장애가 있다

는 이유에서 움츠러들지 않을 수 있었다. 다른 이들에 비해 느리고 어설프고, 말도 어눌했지만, 그래도 할 수 있으니 괜찮았다. 때론 내 마음처럼 빨리빨리 할 수 없어 짜증이 날 때도 있었지만, 장애를 탓해 본 적은 없다. 내가 자라 온, 또 나를 둘러싼 환경 덕분이다. 나와 마주친 사람들 모두가 대체로 나를 있는 그대로 봐 주고, 내가 할 수 있는 것은 시간이 걸리더라도 혼자 해낼 수 있게 기다려 주는 일이 다반사였기 때문이다. 그래서 나는 장애가 불행인지 잘 인지하지 못했다. 지금도 조금은 그렇다.

물론 장애가 없었다면 더 많은 기회가 주어지고, 삶의 방향성도 달라졌을 것이다. 하지만 나는 지금 내 삶에 만족한다. 현재 주어진 상황 속에서 할 수 있는 것들을 해나가면 된다고 여전히 생각한다. 그러다 보면 언젠가는 생각지 못한 것을 하게 될 수도 있다고 믿는다. 오래전 지인의 소개로 잠시였지만, 인터뷰어로 활동했던 것처럼 기회는 찾아오기 마련이다. 혹여 상처받으면 또 어떤가? 장애가 있건 없건 사람은 누구든지 상처받고 어려움에 부딪힌다. 그 상황을 해결해 나가는 과정에서 한 뼘씩 자란다.

(당신도 증명 가능한가요?)

중도 장애가 아니어서 제약받는 부분이 많지 않기에 이런 말을 쉽게 내뱉는 것일 수도, 이미 지나온 시간이기에 쉽게 하는 말일 수도 있다. 장애는 모두 제각각이고 사람마다 이를 받아들이는 방식도 저마다 다르기에 타인이 지닌 장애에 대해 섣불리 군말을 덧붙이긴 어렵다. 그래도 잊지 않으면 좋겠다. 장애도 누군가에게 주어진 또 다른 삶의 형식이라는 사실을.

어떤 영혼도 모자라지 않다. '모자라다'는 개념은 그 자체로 무의미하다. 그러나 물질계에서는 이처럼 공허하고 뜻 없는 개념이 마치 무슨 의미라도 지닌 듯한 모습으로 나타난다. 하지만 바로 이 때문에 우리는 연민이라는 것이 무엇인지 이해하고 경험할 수 있다.

〈웰컴 투 지구별〉, 로버트 슈워츠, 황근하 역, 샨티(2008)

카페에 올라온 저자 소개글의 댓글에 그런 답글을 달았다. '천천히 조금씩 참여해 보세요. 상처받을 일도 생기겠지만 그보다 좋은 일이 더 많아질 거예요.' 정말 그렇다.

시작이 어렵고 두려울 뿐이다. 그러나 계속하다 보면 나만의 방식이 생기고 하고 싶은 것들도 늘어난다. 나는 보다 많은 장애인이 자신의 상황에 주눅 들어 한발 물러나 있기보다는 일말의 희망을 가지고 어떤 것이든 해 보기를 소망한다. 실패로 끝나거나 끝내 불가능을 확인하는 확인사살일지라도 시작해 보기를 원한다. 나는 장애가 불능의 말이라고 생각지 않는다. 그보다 무수한 잠재력을 지닌 말이라 믿는다. 장애는 사회에 끝없는 변화를 요구하고, 그 변화로 인해 사회는 한 걸음씩 더 나아지므로.

(당신도 증명 가능한가요?)

타인을 이해한다는 것

장애에는 결핍lack과 무능inability의 요소가

있을 수 있지만, 그것은 또한 다르게 알고,

존재하고, 경험하는 방식들을 양성하는

일이기도 하다.

〈짐을 끄는 짐승들〉, 수나우라 테일러,

이마즈 유리·장한길 역, 오월의봄(2020)

드문 일이지만 별생각 없이 계단을 오르는데, 누군가 "잡아드릴까요?"라는 말을 건넨다. "괜찮습니다"라고 대답하지만, 머릿속은 복잡하다. 도움을 주려는 사람의 선의는 고맙지만, 나를 안쓰럽게 보는 것 같아 심란해진다. 나를 동등한 사람으로 봐 주길 바라는 마음과 도움을 내미는 손길 앞에서 나는 늘 망설인다.

　도움이 전혀 필요치 않다는 말이 아니다. 내게도 도움이 필요한 순간이 있다. 이제는 계단 대부분을 난간이나 벽을 짚지 않고도 잘 오르지만 어려운 계단도 있다. 돌계단이 바로 그렇다. 낮은 돌계단은 천천히 한 걸음씩 내디디면 별문제 없이 오르거나 내려가지만, 난간도 없는 높은 돌계단 앞에선 누군가의 도움이 꼭 필요하다. 가족이나 지인이 함께일 때는 상관없지만, 혼자 그런 순간을 마주하면 잠시 그 자리에 멈춰 숨을 고른다. 그럴 땐 지나가는 사람도 적고, 도움이 필요하냐는 선의의 말을 건네는 이도 나타나지 않는다. 선택의 시간이다. 발길을 돌리느냐, 모험을 강행해 보느냐.

　주관적 견해이지만 우리나라에서 장애인을 보는 시선

은 주로 무관심하거나 안타까워하는 시선, 둘로 나뉘는 듯하다. 간혹 다른 시선도 존재한다. 대학 때 인상 깊은 일이 있었다. 시험 기간이었는데, 어느 교수님이 시험 시간을 두 시간으로 배정해 주셨다. 말하지 않아도 나 한 사람을 위한 배려라는 걸 알았지만, 그 두 시간 동안 나를 포함한 모두가 자신이 공부했던 내용을 서두르지 않고 충분히 쓰고 강의실을 나설 수 있었다. 나는 그런 배려를 바란다. 특정인에 맞춘, 받을 때마다 눈치를 보는 배려가 아니라 누가 언제 받아도 이상할 것 없는 그런 배려를 꿈꾼다.

장애가 있건 없건 나 아닌 다른 사람이 어떤 불편을 겪고 있는지 구체적으로 알기란 쉽지 않다. 가령 시각장애인을 마주치면 보통은 그가 보이지 않음에만 집중한다. 그러나 어쩌면 그는 그 상태에 너무나 익숙해서 옆에서 그가 원하는 대략적인 정보와 위치만 알려 주면 그 나름의 방식으로 충분히 장소를 즐길 수도 있다. 앞이 보이지 않아도 어떤 장소를 충분히 즐기고 느낄 수 있다면 장애는 아무 문제가 되지 않는다.

'장애이해교육'이란 말을 들어본 적 있는가. 나도 잘 몰랐다. 교육 현장에서 매년 2회 이상 실시하는 것이 의무인 교육이다. 이 교육을 시행한 지는 오래되었으나 몇몇 학교를 제외하면 의례적인 형식에 그치는 수준이다. 그나마도 장애인복지법이 제정된 이후부터 의무가 됐다. 그러나 장애이해교육이 왜 필요하고 어떤 내용으로 교육해야 하는지에 관한 내용은 어디에서도 찾기가 쉽지 않다. 현장 교사들도 직간접적인 경험이 있는 소수를 제외하면 장애이해교육의 취지를 이해하고 필요성을 체감하는 사람은 많지 않은 것 같다. 어쩌면 당연하다. 불과 십여 년 전만 해도 장애인을 배려하고 도와줘야 하는 대상으로만 바라보는 풍조가 대부분이어서 누구도 장애를 이해하고 배워야 한다고 생각하지 못했다. 장애가 있는 나조차도 장애이해교육이 의무화될 것이라곤 생각하지 못했으니까. 여전히 사람들에게 장애이해교육은 막연하고 막막한 의무교육이다.

교사나 아이들만이 아니라 장애 당사자인 나를 포함한 모두가 장애를 잘 모른다. 과장이 아니다. 장애도 한 사

람이 지닌 꼴에 불과하기에 관련된 공동체에 있거나 현장
활동가가 아니면 자신 이외의 장애를 모르긴 매한가지다.
나도 나와 다른 장애가 있는 사람을 마주치면 그를 어떻
게 대해야 좋을지 모를 때가 대부분이다.

장애인식개선교육에서도 장애인을 어떻게 돕고 어떤
배려를 해야 하는지에 많은 비중을 둘 뿐, 그 이외의 것들
은 말하지 않는다. 장애 당사자가 실제 생활에서 겪고 있
는 불편과 장애를 만드는 일련의 상황들이 더 중요한데
그건 말해 주지 않는다. 그 부분을 알아야 나와 다른 장애
를 지닌 사람을 만났을 때 그에게 필요한 적절한 도움을
줄 수 있다. 이를 모르니 번번이 도움이 필요한 사람과 마
주치면 돕고 싶다는 마음이 먼저 앞서 실질적으론 아무런
보탬이 되지 않는 줄도 모르고 내가 돕고 싶은 방식으로
상대를 도운 적이 여러 차례. 왜 그랬을까 생각하면 상
대에 대한 이해가 부족했기 때문이다. 그가 못 하거나 어
렵게 느낄 거라고 지레짐작했다. 내게도 그런 순간이 적지
않았다. 상대가 아닌 나를 중심에 두고 상황을 판단했다.

사람을 이해한다는 건 늘 어렵다. 머리로는 이해해도

실천이 어렵다. 그렇기에 누구와 어떻게 함께 살아갈 것인가 하는 문제는 정말로 치열한 고민이 필요하다. 거듭 고민하면 전엔 볼 수 없었던 것들, 누군가의 앞에 놓인 장벽과 처지가 보여 그 상황을 헤쳐 나갈 방법도 함께 모색할 수 있다. 그렇게 하나씩 쌓이면 사람에 대한 이해와 수용의 폭이 넓어져 다른 사람의 아픔에 공감하고 존중할 수도 있고, 도움이 필요해 보이는 한 사람을 만났을 때, 그에게 어떤 도움이 필요한지 물을 용기도 생기지 않을까?

장애이해교육은 나 아닌 다른 사람을 이해하고 배우는 데 의의를 둔다. 구체적으로는 장애인뿐만 아니라 이주민, 난민을 비롯한 소수자와 내 이웃으로 확대해 어떻게 공존하며 함께 살아갈 것인가를 주요 과제로 내세운다. 그중에서도 장애인을 앞세우는 이유는 장애인은 평범한 소수자가 아니기 때문이다. 소수자라 하기엔 인구 비중도 다소 높고, 장애는 언제든지 누구라도 지니게 될 수 있는 흔한 일인 탓이다. 정말로 이 사회가 장애인과 더불어 살아갈 수 있는 사회가 되려면 장애를 이해하고 일상으로 받아들여야 한다. 교육을 통해 금세 사람들의 삶의 태도가 변하지 않을 걸 안다. 그래도 일상을 공유하고 교육을 거듭하다 보면 차츰차츰 이해의 폭도 넓어지고 주변을 바라보는 사고의 폭도 깊어질 것이다. 그런 이해들이 쌓이고 쌓여 차별보단 차이라는 감각으로 서로가 함께 살아갈 더 나은 삶을 모색해 볼 수도 있다. 꼭 장애에 대한 이해가 아니어도 괜찮다. 진심으로 나 아닌 다른 사람을 이해하는 데 도움이 되길 바란다. 나를 비롯해 타자와도 잘 지내는 방식을 배울 수 있으면 좋겠다. 타자는 무섭거나 두려운 존재가 아니다. 내 성숙과 성장을 돕는 이는 언제나 타자였다. 나는 나와 다른 타자와 관계를 맺으며 한 뼘씩 자란다.

내 삶을 바꾼 운동

아령을 들어 올렸다 내리는 건 힘이 아닌

의지다.

〈애틋한 사물들〉, 정영민, 남해의봄날(2020)

(당신도 증명 가능한가요?)

학교 다닐 때만 하더라도 운동과 거리가 멀었다. 체육 시간 내내 교실에 혼자 우두커니 앉아 있거나 운동장 벤치에 앉아서 친구들의 체육 활동을 구경했다. 그때 나는 한번도 친구들과 함께 체육 활동을 할 수 있을 거라는 꿈도 꾸지 않았고 수업에 참여하려는 시도조차 하지 않았다. 내 장애는 운동신경 손상에서 비롯되었기 때문에 운동과는 거리가 먼 삶을 살 줄 알았다. 운동을 해도 재활 영역의 일부일 줄 알았지, 취미로 확대될 거라곤 예상하지 못했다.

재활과는 별개로 운동을 해야겠다는 결심을 한 것은 삶에 대한 갈망 때문이었다. 당시 나는 스물을 코앞에 둔 열여덟 살 소녀였다. 하지만 그때까지도 홀로 버스 타는 걸 두려워하고, 걸음걸이 역시 누가 봐도 금세 넘어질 듯 불안했다. 조금은 안정감 있게 걷고 싶었고, 홀로 대중교통도 잘 이용하고 싶었고, 무엇보다 즐길 수 있는 만큼은 즐기는 스물을 맞이하고 싶었다.

내 운동의 시작점은 홀로서기이자 생존 전략이었다. 미리 밝혀 두지만, 재활로써 운동을 시작한 게 아니다. 나의 재활 치료는 여덟 살 이전에 이미 끝났다. 이후 상태가 나빠지거나 좋아지는 건 오롯이 내 몫이었다. 애써 밝히는 이유는 장애인이 꾸준히 운동을 해 오고 있다고 말하면, 재활에 의미를 더 크게 부여하기 때문이다. 장애가 있어도 각자의 방식으로 충분히 운동을 즐기고 좋아할 수 있다.

재활과 운동은 다르다. 재활은 비장애인을 중심으로 설계된 사회로의 진입이라는 뚜렷한 목적이 있다. 다수의 장애인과 돌봄자는 안다. 아무리 성실히 재활 운동을 해도 비장애인처럼 될 수는 없다는 것을. 그걸 알기에 평생 재활에만 목숨을 걸 수도 없다. 재활이 장애가 있는 몸을 온전히 다른 몸으로 바꿔 주지도 않는다. 그래도 모두 이를 악물고 재활 운동에 온 힘을 쏟는다. 조금이라도 더 나은 조건을 갖추면 비장애인 중심의 사회에 발을 내디딜 기회가 자신에게도 주어질 수 있다는 걸 아니까 하지 않을 수 없다. 무엇보다 장애가 있어도 무엇이든 해 볼 수 있고, 꿈꾸며 자신의 삶을 계획할 권리 아니, 의무가 있다.

(당신도 증명 가능한가요?)

부모님은 내게 그럴 권리와 의무를 일깨워 주셨다. 어린 시절 자주 넘어지고 균형 감각도 없어 휘청이는 내게 재활 운동을 시키고, 시간이 흘러 다시 운동으로서 헬스를 권유한 부모님의 선택은 올바른 결정이었다. 그 선택으로 나는 내 삶을 꿈꾸고 계획해 볼 수 있었다.

　운동은 모두가 한다. 저마다 개개인의 목표를 가지고 운동을 한다. 운동은 자신이 할 수 있는 만큼의 동작에서 시작해 조금씩 단계를 높여가며 근력을 기른다. 사소한 동작들, 이를테면 천천히 걷는 것, 손목을 움직이는 것, 발목을 이리저리 돌려보는 것 등 신체 근육을 사용하는 모든 동작이 운동이다. 특히 지체장애인들에게 정말로 필요한 건 근력이다. 자신을 조금이라도 지탱할 수 있는 근력만 있어도 삶은 크게 바뀐다. 운동을 시작하기 이전엔 내 안에도 나를 어느 정도 지탱하는 힘이 있다는 걸 몰랐다. 그 힘을 노력으로 길러낼 수 있다는 것도 몰랐다. 아니 알았음에도 '재활 치료'라는 말속에 감춰져 있어 선뜻 마음이 동하지 않았다. 재활 치료는 무척 힘겨웠기에 늘 도망

가고 싶었다. 나뿐만 아니라 재활 치료나 재활 운동을 하는 모든 이가 나만큼이나 늘 달아날 궁리를 한다. 장애 정도가 심하면 심할수록 재활은 더 힘들고 끝이 보이지 않고, 이따금 좌절감을 안겨 주기 때문이다.

운동도 힘들다. 장애 정도에 따라 시도하기 어려운 운동도 있다. 하지만 운동은 내 선택과 의지로 시작한다. 나에 대한 나의 도전이다. 그렇기에 장애 유무는 별 의미가 없다. 비장애인들이 그러하듯 장애가 있는 사람도 자신이 가능한 동작부터 시작하면 된다. 운동은 못 하는 걸 억지로 해내는 게 아니라 내가 할 수 있는 동작을 하나씩 둘씩 늘려가며 힘을 기르고 자세를 바로잡는 일이다. 내가 할 수 있는 방식으로 나를 지탱하는 힘을 기르는 일이다.

열여덟 살에 시작한 헬스는 내 삶을 온전히 바꿨다. 삶에 대한 욕망으로 시작되었으니 재활은 염두에 두지 않았다. 꾸준히 운동하다 보니 균형 감각도 생기고 몸 전반에 힘이 생긴 것이지, 처음부터 이를 기대한 건 아니었다. 헬스를 시작할 때도 내가 꾸준히 운동을 잘 할 수 있을 거라는 생각도 없었다. 재활 운동을 제외하곤 별도로 해 본 운동이 없으니 한번 도전해 본다는 생각이었고, 안 되면 어쩔 수 없다는 마음이었다. 그러나 막상 해 보니 어렵기도 했지만 재미있었다. 시간은 걸리겠지만 꾸준히 하다 보면 언젠간 잘하고 익숙해지겠다 싶었고, 헬스로 인해 내 삶이 변화하리라는 직감이 왔다. 그리고 시간이 흘러 정말 그렇게 됐다.

헬스를 시작하고 한참 후에야 운동이 재활 그 이상을 선물해 주었음을 알게 되었다. 솔직히 내가 좋아하는 영역 중 하나가 운동이 될 줄은 정말 몰랐다. 20년 넘게 꾸준히 헬스를 하고 있을 거라는 것도. 운동신경 손상으로 장애를 얻고, 오랫동안 운동과는 담을 쌓고 지내던 내가 이젠 운동을 좋아한다. 이전과는 비교할 수 없을 만큼 잘 걷고, 삶 전반에 생기가 넘친다. 어쩌면, 학교에 다닐 때도 내게 조금의 의지만 있었다면 가능한 만큼의 체육 활동 정도는 해 볼 수 있지 않았을까? 그때 나는 왜 아무런 시도도 하지 않았을까? 장애에 스스로 갇혀 버렸던 건 아니었을까. 되짚어 보면 한두 분의 선생님을 제외하곤 아무도 내게 체육 시간에 참여를 권하지 않았다. 이미 지난 일이고, 당시 나는 누가 슬쩍 밀치기만 해도 넘어질 만큼 균형 감각도, 힘도 없던 아이였으니 부질없는 후회다.

　장애인의 운동엔 개인적인 문제보단 외적인 제약이 더 많다. 장애 정도가 심하면 심할수록 시설에서 먼저 꺼리는 까닭에 거주지 근처 운동 시설에서 운동하기는 애당초 불가능하다. 장애인을 대상으로 전문적으로 운동을 가르쳐 주는 시설도 장애 정도가 심하면 당사자가 성인이고 의사 표현과 결정 능력이 충분히 있어도 보호자 동반을 요청하는 일이 다반사다. 지역마다 장애인을 대상으로 운동을 가르쳐 주는 시설도 손에 꼽을 만큼 적다. 그러니 운동을 하고 싶어도 마땅한 시설을 찾을 수 없거나 여러 요건 때문에 포기해야 하는 경우가 많다.
　지금 우리 사회엔 재활 치료 시설을 제외하곤 장애인을 위한 운동 시설이 거의 없다. 지역에 장애인을 위한 운동 시설이 있어도 접근하기 어려운 곳에 있어 가기가 쉽지 않다. 마을버스나 자가용이 아니면 접근하기 어려운 곳에 마련된 장애인 운동 시설은 허울 같다. 몸이 불편하다고 운동을 못 하는 게 아닌데, 운동을 할 수 있는 여건은 잘 주어지지 않는다. 장애인도 운동을 할 수 있고, 좋아할 수도 있다. 조금 어렵고 더딜 뿐이다. 불편한 몸을 이끌고 운동을 하는 건 개인의 의지이자 선택이다. 이 의지를 가로막거나 좌절하게 만드는 환경이 문제다.

구 단위로 약자를 위한 운동 시설만 마련해 두어도 인근에 사는 장애인은 얼마든지 운동을 하러 오갈 수 있다. 설령 운동을 잘하지 못하더라도 집에서 운동 시설까지 꾸준히 오가는 것만으로도 누군가에겐 약간의 힘이 생긴다. 운동 기구를 만지고 한두 개의 운동을 해 보려는 노력만으로도 근육은 움직인다. 신체장애인의 몸은 상당히 경직되어 있다. 쓰지 않으면 뻣뻣하게 굳어 버리지만 사용하면 할수록 조금씩 부드러워진다. 근육이 부드러워지면 몸을 움직이기에 한결 수월하다. 처음엔 체감할 수 없을 정도지만 몸을 계속 움직이면 눈에 드러날 정도로 좋아진다.

장애는 이미 일어난 상황이지만 장애가 있어도 참여할 수 있는 운동이나 활동이 필요하다. 복지는 누구에게

나 필요한 삶의 요건이듯 장애인에게도 그렇다. 그중에서도 장애인 운동 시설은 정말로 간절하다.

운동 시설이 장애 당사자의 삶을 완전히 뒤바꿔 주진 못한다. 그래도 삶에 활기를 불어넣어 줄 수 있고, 장애 당사자도 뭔가 할 수 있다는 자신감을 심어줄 수 있다. 이 자신감으로 사회에 나가 비장애인과 함께 어울려 살아 보겠다는 결심도 할 수 있다. 두 발로 걷는 게 가능한 나의 허황한 상상일 수도 있다. 그래도 누구든, 한 번은 시도해 봤으면 좋겠다.

재활이 아닌 운동으로 삶을 좀 더 나은 방향으로 이끌고 나아갈 수 있다고 말하고 싶다. 할 수 있는 만큼, 힘닿는 데까지, 딱 그만큼씩만 무한 반복하다 보면 어느 날 당신도 모르는 사이에 몸이 생각보다 더 부드럽고 유연해질 수 있고, 정말 되지 않을 것 같던 어떤 동작도 아무렇지 않게 할 수도 있다고.

그러니 장애 때문에 미리 포기하진 말기를 바란다. 당신은 그저 몸이 불편한 것이지, 가능성이 없는 사람은 아니라는 걸 기억하면 좋겠다.

(당신도 증명 가능한가요?)

선택이 선택의 꼬리를 잇다

우리는 홀로서기도 낙인화된 의존도 아닌,

함께 서기로서의 연립생활로 나아가야 한다.

〈장애학의 도전〉, 김도현, 오월의봄(2019)

가끔 엄마와 내 독립에 대한 이야기를 나눈다. 독립할 수 있을까? 독립하면 혼자서 생활할 수 있을까? 아직 일어나지 않은 일이기에 '그래도 잘해 나가지 않을까?'라는 긍정적인 말로 끝을 맺곤 한다. 이런 긍정적인 결론을 낼 수 있는 가장 큰 이유는 내가 대부분 영역에서 자립적 생활을 하고 있기 때문이다.

독립에 대해 장황한 얘기를 하고 싶진 않다. 하지만 자립에 대해선 말하고 싶다. 나는 지금까지 자립이 혼자 스스로 선다는 뜻인 줄로만 알았다. 그러나 김도현 작가의 〈장애학의 도전〉에서 소개한 구마가야 신이치로 교수의 글귀를 보고 내 고정관념이 와장창 깨졌다.

> 자립은 '의존하지 않는 것'이 아니라 '의존할 것을 선택할 수 있는 상태'입니다.
>
> 〈장애학의 도전〉, 김도현, 오월의봄(2019)

책을 읽다가 깨달았다. 나의 자립이 불굴의 의지로 이뤄 낸 것이 아니라는 사실을. 두 발로 걷고, 정확한 발음

(당신도 증명 가능한가요?)

을 구사하고자 노력한 것이 내 자립에 큰 영향을 끼친 건 분명하지만 내 앞에는 매 순간 자립에 필요한 의존체들이 놓여 있었다. 예를 들어 난간이 그렇다.

나는 네 살 때 첫걸음마를 시작했다. 첫발을 네 살 때 겨우 뗐으니 지금처럼 자연스레 걷기까지 얼마나 오래 걷는 연습을 했을까. 한참 동안 누군가의 손을 잡거나 벽을 짚고 걸었다. 그리고 그보다 더 많은 시간을 난간을 짚고 계단을 오르내렸다. 지금도 다급한 순간이 오면 난간부터 찾는다. 난간은 내게 가장 중요한 의존체 중 하나였다. 어디에서든 위태로운 순간 붙잡고 일어날 수 있는 난간이 있어 나는 느려도 한 걸음씩 발걸음을 옮겨 볼 엄두를 낸다.

일상에 선택 가능한 의존체는 도처에 있었다. 젓가락 대신 포크가 그랬고, 유리잔 대신 머그잔이 그랬다. 내 주위엔 수많은 의존 장치가, 무언가를 대체할 수 있는 선택지가 늘 있었기에 많은 것을 할 수 있었고, 그 덕분에 자립이 가능했다. 만일 그런 선택지가 없었다면 나는 많은 것을 할 수 없었을 것이다.

어릴 때 잠시 특수 제작한 신발을 신었던 시기를 제외하면 나는 걷기 위한 다른 보조 장치가 필요하지 않다. 그냥 살아가는 데 필요한 일상적인 물품을 주변에 구비해 두고 때에 따라 내가 필요한 것들을 선택해서 도구나 도움 장치로 활용한다. 그런데 이게 꼭 장애가 있는 나에게만 해당하는 이야기일까? 아니다. 사람 사는 방식이 모두 그렇다. 글을 쓰는 지금, 나는 의자에 앉아서 책상에 놓인 스탠드 불을 켠 채 노트북 자판을 두드린다. 이 짧은 문장 속에도 나 외에 의자, 책상, 스탠드, 노트북 등 네 개의 사물이 등장한다. 나는 이 사물들에 기대어 한 편의 글을 완성한다. 장애가 없어도 인간은 누구든 혼자는 아무것도 할 수 없다. 심지어 밥을 먹으려 해도 숟가락과 밥그릇이 필요하다. 단지 밥 한 공기가 내 입으로 온전히 들어오려면 무수한 사물과의 상호작용이 있어야 한다.

사람도 그렇다. 세상에 홀로 살아가는 사람은 없다. 누구나 서로에게 기대어 산다. 일인 가구일지라도 온종일 혼자 생활하지 않는다. 직장에 나가고, 운동을 가고, 거리를 쏘다니며 사람들과 스쳐가는 지속적인 상호작용 속에

(당신도 증명 가능한가요?)

서 살아간다. 상호작용 없이 진짜 온전히 혼자만 생활하면 문제가 생긴다. 사회 문제로 늘 언급되는 고독사나 은둔형 외톨이가 그렇다. 이들이 갑자기 고립되기 시작했을까? 자발적으로 고립되기를 선택한 것일까? 모두 아니다. 그러한 상황으로 내몰린 상태라는 말이 더 합리적이다.

자립은 홀로 설 수 있는 것을 의미한다. 그러나 '홀로'는 고립이 아니다. 타인과의 관계 속이 아니라 자기 자신과 만나는 시간이다. 그 누구도 자발적인 고립을 선택하지 않는다. 선택의 폭이 점차 좁아져 포기하고 단념해 버리면서 자연히 그렇게 된다. 만약 내게도 선택할 수 있는 여건이 주어지지 않았다면, 어떤 관계를 형성하고 뭔가를 해 보고 싶다는 희망도 품지 않고 방구석에만 콕 처박혀 있지 않았을까?

대학 졸업 후 아무 데도 나가지 않고 집에만 있을 때 엄마가 내게 가장 많이 들려준 얘기는 사람 人이라는 글자에 대해서였다. 사람이 사람일 수 있는 이유는 서로가 서로에게 기대어 사는 존재이기 때문이랬다. 주눅 들지 말고, 잘하지 못해도 사람 사이에 있어야 좋은 일이 생기고, 뜻밖의 순간과도 마주칠 수 있다고 했다.

진짜 그랬다. 나는 사람들 사이에서 점점 더 나은 내가 되어 갔다. 친구와 함께 여행을 떠나기도 하고, 어줍어도 간단한 음식을 만들어 한 끼 식사를 해결하기도 한다. 이외의 많은 것이 내겐 더는 불가능하고 용감한 도전이 아닌 평범한 일상이다. 내 앞에 놓인 수많은 선택지 중에서 내게 적합한 것을 취사선택했고 이는 자연히 자립적인 생활로 이어졌다.

우리 모두는 자신에게 필요한 의존체를 선택하고 선택하면서 오늘을 산다. 사람이든, 사물이든 나는 한 사람으로 온전히 살아갈 수 있게 의존할 수 있는 의존체가 더 많아지고 그 형식도 각양각색으로 다양해지면 좋겠다. 의존체가 다양해지면 선택의 폭이 커진다. '할 수 없음'이 '해 볼 수 있음'으로 변하면, 누구든 다음이 궁금해서 또 다른 선택을 하고 계속 선택하게 된다. 자립은 연립에 가까운 말이다. 우리는 서로 연립할 때 한층 더 온전해진다.

(당신도 증명 가능한가요?)

벗, 나를 나아가게 하는 사람

(지난 삶들에서) 커다란 도약들이 있었지요.

이번 삶에서도 커다란 성장들을 계속할 수 있어요.

그러고 싶어요. 내게는 그럴 능력이 있어요.

〈웰컴 투 지구별〉, 로버트 슈워츠, 황근하 역,

샨티(2008)

"장애인과 어떻게 친구가 되나요?"

이따금 매체에서 보는 질문이지만 친구들에게 직접 물은 적이 없다. 묻는 게 민망했다. 친구들과 나는 특별한 장소에서 만난 게 아니고, 친구를 비롯해 마주치는 모든 사람에게 나는 처음부터 장애가 있는 사람이다. 장애인인 내가 불편하거나 거북한 사람은 그냥 스쳐 지나친다. 그러나 나와 어떤 관계를 맺는 이들은 장애를 복잡하게 생각하지 않는다. 도리어 상대보다 내가 더 많은 걱정과 염려를 한다. 상대는 장애가 있는 나를 그대로 보고 내 속도를 맞춰 가면 된다고 생각한다. 특별한 다른 걱정을 하지도 않는다. 지금은 연락이 닿지 않는 J언니가 그랬다.

오래전 일이라 잘 기억나지 않지만 백년어서원에서 알게 된 J언니를 따라 청도에 위치한 사리암에 간 적이 있다. 언니는 성실한 불교도였고 매달 사리암에 기도를 드리러 간다고 했다. 어느 날 내게 한번 함께 가 보지 않겠느냐고 물었다. 아마도 내가 먼저 관심을 보이고 궁금해 했던 것 같다. 그땐 몰랐다. 사리암이 절벽에 있는 작은 암자인 줄은. 두 다리가 멀쩡해도 오르기 힘든 곳인 줄 알았다면

(당신도 증명 가능한가요?)

함부로 따라가겠다고 나서지 않았을 거다. 너무나 대수롭지 않게 같이 가 보자고 해서 따라갔다.

산 중턱부터 사리암까지 언니 손을 꼭 붙들고 올랐다. 거의 마지막엔 손을 붙잡아도 다칠 것 같아 네 발로 엉금엉금 기어서 올랐다. 평소엔 30분 만에 거뜬히 오르는 사리암을 그날 언니는 두 배의 시간을 들여 걸음이 더딘 내 손을 붙들고 올랐다. 나를 데리고 가겠다는 작정을 했을 때 언니는 알았을까? 거뜬히 오르던 길이 험난한 산행이 되리라는 걸. 나는 몰랐다. 그런 가파른 곳에 있는 암자를 같이 오래 걸어본 적 없는 사람과 오를 걸 예상하지 못했고, 또 그런 일이 생길 수 있을 것을 몰랐다. 그날 J언니는 참 힘들었을 텐데, 힘들다는 말 대신 그런 말을 했다.

"너랑 오르니 다른 느낌이다."

몇 해 전 어느 봄날, 평소 자주 드나들던 책방의 책방지기에게 메시지가 왔다. 공휴일이 책방 휴무랑 겹쳐서 몇 명이 함께 금정산 산행을 할 예정인데 시간이 되면 같이 가자는 말이었다. 처음엔 잘못 보낸 메시지인 줄 알고 정말 같이 가도 괜찮겠냐고 물었다. 완만한 코스로 산책하듯 천천히 다녀오면 된다는 대수롭지 않은 간단한 답이 돌아왔다. 설레면서 동시에 걱정도 되었다. 함께 산행하는 이들은 책방에서 몇 번 마주쳐 안면은 있지만 서로 잘 모르는 사이였고, 나는 동네 산책은 늘 하지만 산은 잘 오르지 않았다. 그래도 가고 싶은 마음이 커서 망설이는 내게 가깝게 지내던 이가 무심하게 한마디 내던졌다.

"걷다가 힘들면 중간에서 나랑 같이 앉아서 놀다가 내려올 때 같이 내려오면 되죠."

간결한 말이었다. 그 간결한 말에 용기를 얻었다.

나를 포함한 다섯 사람이 오후에 만나 금정산 동문에서 사망루까지 걷기로 했다. 처음부터 사망루까지 가겠다는 굳은 결의는 없었지만 걷다 쉬다를 반복하다 보니 무사히 목적지에 도착했다. 대체로 산책로처럼 길은 완만했으나 사망루가 가까워지자 약간 가파른 언덕이 나타났다. 혼자서는 도저히 갈 수 없는 경사였다. 함께 간 두 사람이 내 양쪽에서 팔을 잡아 주어 언덕길도 그럭저럭 잘 올랐다. 고마웠다. 내 느린 걸음에 보조를 맞춰야 해서 두 사람은 느리게 걸어야 했고, 나머지 두 사람은 먼저 사망루에 도착해 한참을 또 나를 기다려야 했다. 그러나 아무도 짜증내지 않았다. 걷는 내내 모두 낄낄대며 즐거워했다. 평소 걷는 걸 즐기지 않는 한 친구는 걷는 내내 다음 등산은 10년 후라고 외쳤다. 나랑 사망루에 오르는 게 자신의 첫 등산이라던 그도 포기하지 않고 끝까지 올랐다.

이 한 번의 등산을 계기로 우리는 소소한 일상을 나누는 친구가 되었다. 덕분에 코로나가 한창 기승을 부리던 때에도 나를 부르는 이들이 생겼다. 책방을 사랑방 삼아 모여서 시시콜콜한 이야기를 나눴다. 매번 다섯 동무가 모이진 않았으나 둘 이상이 모여 낄낄대며 놀다가 느닷없이 누군가를 불러 함께 밥을 먹기도 했다. 장애가 있지만, 이들과 이야기를 나누거나 무엇을 함께 하는 데 어려움은 없다. 친구들이 크게 개의치 않으니 나도 별다른 신경을 쓰지 않는다. 다만 친구들과 있을 땐 말을 좀 분명히 하려고 노력한다. 물론 내 뜻대로 되지 않는 날이 더 많지만 말이다. 그래도 친구들은 내게 질문도 하고 재미난 이야기가 있으면 들려주기도 하며 끊임없는 이야기를 나누고 서로의 삶을 나누는 벗으로 지낸다.

  늘 좋은 인연만 만나온 건 아니다. 학생 때는 친구들과 정말 많은 불화를 겪었다. 당시엔 감각도 못 했으나 내가 나를 온전히 받아들이지 못해서 주변 친구들에게 친절하게 굴지 못한 부분이 적지 않았다. 노트를 빌리거나 배식을 도와달라고 하는 등의 도움을 요청하는 일이 많아 나를 불편해 하는 친구도 있었고, 나와 놀면 다른 아이들과 어울려 놀기 힘들다며 불만을 토로하는 친구도 있었다. 그땐 꼭 그렇지 않을 거라는 말을 당당히 하지 못했다. 그렇지 않아도 친구들과 자주 싸웠는데 그런 말까지 했다가는 감정의 골만 더 깊어질 게 뻔했다. 되짚어 생각하면 학창 시절 중에 내게 제일 어려웠던 것은 친구와의 관계였다. 모두가 예민한 십 대 아이들이어서 더 그랬다. 정말 힘들었기에 다시 그 시절로 되돌아가고 싶지도 않지만 후회하진 않는다. 언젠가 한 번은 겪어야 했던 성장통이었다.

  그런 시절을 무사히 지나왔기에 지금 좋은 사람들 사

이에서 살아가는 게 아닐까. 가까운 이들 속에서 나는 종종 내게 장애가 있음을 잊는다. 도움이 필요할 땐 도움을 받고, 도움을 요청하면 또 도와주고, 문제가 생기면 함께 해결책도 찾는다. 나와 관계를 형성하는 이들과 장애가 있어 못하는 것보다 함께 할 수 있는 것을 하며 지낸다.

서른 언저리가 되어서야 처음으로 혼자서 시외버스를 타고 멀리 떠났다. 다른 이유도 아닌 친구를 만나기 위해서 말이다. 백년어서원을 드나들며 강의도 듣고 바쁠 땐 일손을 돕기도 하며 습작 청년으로 지낼 때 그를 만났다. 친구라 하기엔 나이 차이가 꽤 나지만 그와 나는 친구가 되었다. 작은 공간과 시민 활동에 관심 있던 그가 백년어서원 일을 도우면서 자주 마주쳤는데, 처음엔 또래도 아니고 말을 붙이기도 멋쩍어 만나면 데면데면 인사만 나눴다. 그러다 친밀히 지내던 한 친구가 그와도 친하게 지내다 보니 함께 어울리는 시간이 많아지면서 자연스레 친해졌다. 친해지니 나이를 떠나 공유할 이야기가 많았다.

서로 공감대를 형성할 수 있는 요소가 다분히 많아

자주 함께 어울렸다. 그러다 도시적인 삶보다 시골에서 자급자족하는 생활을 원하던 그가 전남으로 이사를 하고 함께 어울리던 또 다른 친구도 결혼하면서 변화가 찾아왔다. 그렇게 자연스레 연락이 끊길 줄 알았는데, 아니었다. 여전히 연락을 주고받는 가까운 사이로 지낸다. 자주 만나지는 못하지만 한 달에 한두 번 통화하고, 서로 일정이 맞으면 함께 뚜벅이 여행을 떠나기도 한다. 그를 처음 만났을 땐 전혀 생각지도 못한 일이었다. 언어장애가 있는 내가 누군가와 오래도록 통화를 하게 될 줄도 몰랐다. 대부분 많은 소통을 문자로 하는 편이지만 그와는 통화를 더 많이 한다. 가끔 그가 내 말을 잘 못 알아들어 되물을 때도 있지만 대체로 원활히 이야기를 주고받으며 안부를 전한다.

이제 그와 나는 뚜벅이 여행 친구다. 부산에 있을 때 그가 처음 내게 제주도 뚜벅이 여행을 제안해 함께 다녀왔다. 걷다가 쉬고, 또 걷다가 시간에 맞춰 버스 타기의 반복이었는데 나쁘지 않았다. 그도 그랬던 걸까? 전남으로 이사갈 무렵, 전남 지역은 가 본 적이 없다는 내게 이사하

당신도 증명 가능한가요?

면 놀러 와서 함께 전남 여행을 하자고 했다. 무심히 내뱉는 말인 줄 알았으나 어느 겨울 나는 전남행 버스에 혼자 올랐다. 혼자 시외버스를 타는 건 처음이었지만 걱정할 건 없었다. 버스를 타고 오르내리는 데 특별한 도움이 필요하지도 않았고 버스 기사님도 친절하셔서 서둘러야 할 일도 없었다.

다른 이들은 더 이른 나이에 경험하고 도전하는 일을 나는 그보다 뒤에 경험했다. 늦은 거란 감각도 없었다. 할 수 있을 때하고, 다른 이에게 민폐만 끼치지 않으면 된다고 생각했다. 늘 그런 마음이었다. 때때로 다른 이의 도움이 필요할 때도 있었지만 많은 부분에서 내가 할 수 있는 건 스스로 하려 했다. 성격 탓도 있지만 가족 이외의 다른 사람들과 함께 생활하다 보니 그렇게 된 부분도 있다. 또한 그런 관계 속에서 내가 알지 못하는 사이에 자립적인 생활이 이루어졌다.

누구나 사람 사이에서, 관계 안에서 어울려 살기를 바란다. 사람이기에 품는 평범한 욕망이다. 장애인도 마찬가지다. 누군가는 내가 운이 좋았다고 말할 수도 있다. 부인하지 않겠다. 그러나 내게도 더러 좋지 못한 인연도 있었고, 주눅 드는 순간들도 있었다. 하지만 용기를 내 사람들 사이로 나아가면 거기에는 분명 기회가 있다. 나는 그렇게 내게 무수한 용기와 가능성을 말하는 좋은 인연 더 많이 만났다.

그 인연들이 나를 장애가 있어도 괜찮은 사람으로 만들어 주었다. 소소한 고민을 나누고, 어떤 도전이나 제안을 건네며 지금 여기를 함께 살아가자는 표현을 해 주는 이들이 있기에 나는 오늘도 겁 없이 더 나은 내일을 기다린다.

(당신도 증명 가능한가요?)

'장애'도

열쇠가

될까

오래된 사진 한 장을 본다. 언어교육원에 다닐 때 떠났던 여름 캠프에서 찍은 단체 사진. 어른이 된 지금 생각하면 대단하고 놀라운 캠프였다. 초등학교 입학 전이라 기억이 희미하지만, 나를 포함해 대부분이 미취학 장애 아동이었다. 장애 유형도 전부 달랐다. 같은 유형의 장애가 있어도 우리 장애는 서로 다른 어려움을 지녔다.

그 여름 캠프를 누가 기획했을까? 가끔 궁금하다. 그냥 어린아이들을 인솔해 여행을 떠나는 일도 만만치 않은데, 잘 걷지도, 의사소통이 원활히 되지도 않는 아이들을 인솔해 떠나는 여행은 어땠을까? 서로에게 엄청난 용기가 필요하지 않았을까? 여행을 떠났던 시기는 1990년대 초반이다. 우리나라에 장애인 복지 정책이 거의 없던 때였다. 복지 정책은커녕 장애 아동을 위한 재활 시설도 손에 꼽을 정도였다. 부산도 다르지 않았다. 어느 날 라디오에서 흘러나오는 광고를 엄마가 우연히 듣고 어린 나를 데리고 간 곳이 '최정옥 언어교육원'이다. 나는 그곳에서 약 4년간 발음 교정 교육을 받았다. 그 기간 동안 만난 친구들을 여전히 기억한다. 그때 외엔 다른 곳에서 마주치지 않아서 그런지 그 친구들이 쉽게 잊히지 않는다.

언어교육원엔 나처럼 발음이 부정확해서 오는 아이만이 아니라, 말을 전혀 못 해서, 다른 사람과 의사소통이 되지 않아서 등 여러 언어적인 문제가 있는 아이들이 부모의 손에 이끌려 왔다. 그중 일부는 걷지 못해 어머니가 날마다 업고 교육원으로 출근 도장을 찍는 아이들도 있었다. 나를 포함한 모든 아이가 언제나 늘 친족 보호자 손을 잡거나 업혀서 왔고 집으로 돌아갈 때도 마찬가지였다. 친족 보호자 없이 어딘가에 가고 낯선 곳에서 아이가 하룻밤을 보낼 수 있단 생각을 한 적 없는 부모들에게 여름 캠프 계획을 알린 건 교육원 측이었다. 수없이 망설이는 보호자에게 그들은 자원봉사자와 아이를 일대일로 매칭시켜 캠프를 진행할 계획임을 알렸고 실제 캠프 기간 동안 아이와 자원봉사자는 일대일로 짝을 이루어 지냈다.

아이와 자원봉사자 그리고 캠프를 주관하는 교육원 관계자 모두에게 하나의 도전이었다. 변수를 마주치고, 긴장감을 늦출 수 없었을 테지만, 그만큼의 즐거움과 행복이 있었다. 나와 비슷한 상처가 있는 아이들이 남의 시선을 의식하지 않고 신나게 뛰어놀았다. 그때 우리는 시선이란 단어도, 장애라는 말도 몰랐다. 남들과 조금 달랐고 다른 친구들과 어울려 자연스레 놀지 못했을 뿐이었다. 대부분 아이들의 일상이 노는 것보다 재활이 우선이었다.

가끔 그 아이들은 지금 어디에서 어떻게 살고 있을까 궁금하다. 장애가 있다는 이유로 주춤대지 않고 보통의 삶을 살아가고 있으면 좋겠다. 언어장애와 뇌병변 장애가 있는 나는 그렇게 살아가고 있다.

장애가 있는 나를 아쉬워하거나 안타까워하는 이도 있다. 대부분이 나를 잘 알지도 못하면서 무심히 던지는 말이다. 상처받을 나이는 지났지만, 장애가 있다는 이유로 그런 눈총을 받아야 하는 건 잘못된 일이라고 생각한다. 장애인 역시 한 사회의 구성원이며 당면한 어려움을 호소함으로써 사회를 좀 더 나은 방향으로 나아가게 할 수 있다. 휠체어 사용자를 위해 설치된 경사로와 장애인을 위한 기술 개발로 인해 만들어진 스마트폰이 지금은 모두에게 유용한 것처럼, 불편과 유용 사이 어딘가엔 장애가 있다. 어딘가에 있는 장애는 누군가의 삶이다. 그 누군가의 삶을 둘러싼 여러 관계가 있다. 가족, 친구, 동료…. 주변을 둘러보라. 장애는 나와 무관한 일이 아니다.

엄마는 포기를 몰랐다. 내가 못 걸을 땐 언젠가 걸을 걸 믿었고, 웅크리고 있을 땐 언젠가 당당해질 것을, 다른 누군가와 어울리며 기쁘게 살아갈 것을 믿었다. 그래서 지금의 내가 있다.

(당신도 증명 가능한가요?)

가족 외에도 기꺼이 손을 내밀어 준 이들이 있다. 느리면 느린 대로 함께 걸었고, 어눌한 나를 있는 그대로 봐주어서 내가 할 수 있는 것들을 함께하며 즐겼다. 그런 이들이 있어 장애는 내게 그저 불편일 수 있었다. 그들 덕분에 지금의 내가 있다.

함께 여행을 떠났던 아이들도 지금 나처럼 사회활동을 하며 누군가의 곁에서 생활하고 있으면 좋겠다. 그 생활 속에서 자신만의 삶을 가꾸며 보통의 삶을 살고 있으면 좋겠다. 그리고 그들 주변의 사람들이 장애를 생활하다가 누구라도 겪을 수 있는 불편으로 여겨 주면 좋겠다. 누군가 갑자기 자신의 삶에서 장애라는 상황과 마주쳤을 때 멈칫거리지 않고 상황에 맞게 삶의 경로를 변경할 수 있을 정도로 장애가 일상의 무엇으로 받아들여지면 좋겠다.

먼 이야기도, 그저 꿈같은 이야기도 아니다. 우리는 모두 어떤 식으로든 이어지고 연결된다. 장애는 장애인만의 문제가 아니다. 모든 문제와 연결된다. 어쩌면 그 모든 문제의 핵심 열쇠가 '장애'일 수도 있다. 어떤 장애의 관점에서 바라보느냐에 따라 세상은 새롭게 재편될 수 있다. ●

2024년 가을 끝자락 안평에서

정영민

(당신도 증명 가능한가요?)

도서출판 남해의봄날. 비전북스 37

우리 인생의 모범답안은 정해져 있지 않습니다. 대다수가 선택하고, 원하는 길이라 해서 그곳이 내 삶의 동일한 목적지는 될 수 없습니다. 진정한 자유를 위해 용기 있는 삶을 선택한 이들의 가슴 뛰는 이야기에 독자 여러분을 초대합니다.

당신도 증명 가능한가요?

초판 1쇄 펴낸날 2024년 12월 26일

지은이   정영민
편집인   박소희책임편집, 천혜란
마케팅   조윤나, 조용완
디자인   studio fttg
인쇄   미래상상

펴낸이   정은영편집인
펴낸곳   (주)남해의봄날
경상남도 통영시 봉수로 64-5
전화   055-646-0512
팩스   055-646-0513
이메일   books@nambom.com
페이스북   /namhaebomnal
인스타그램   @namhaebomnal
블로그   blog.naver.com/namhaebomnal
ISBN   979-11-93027-41-7 03810

ⓒ정영민, 2024

본 사업은 2024년 부산광역시,
부산문화재단 〈부산문화예술지원사업〉으로 지원 받았습니다.